AF372966

Mathias McDonnell Bodkin

Paul Becks Gefangennahme
(Kriminalroman)

e-artnow 2018

Mathias McDonnell Bodkin
Gesammelte Krimis: Ein weiblicher Detektiv + Giftmischer + Paul Becks Gefangennahme + Verschwindende Diamanten und viel mehr: Kriminalromane und Detektivgeschichten

Arthur Conan Doyle
Die Rückkehr des Sherlock Holmes: Im leeren Hause und andere Detektivgeschichten / The Return of Sherlock Holmes: The Empty House and Other Stories - Zweisprachige ... Abbey Grange + Die einsame Radfahrerin etc.

Walther Kabel
Nic Pratt, Amerikas Meisterdetektiv - Drei Krimis in einem Band: Die Hand des Toten + Die gelbe Wachskerze + Der tote Missionar

Arthur Conan Doyle
Das Zeichen der Vier

Edgar Wallace
Das indische Tuch (Ein spannender Krimi-Klassiker)

Friedrich Glauser
Der Tee der drei alten Damen (Krimi-Klassiker)

Edgar Wallace
Die toten Augen von London (Krimi-Klassiker)

Arthur Conan Doyle
Sherlock Holmes Weihnachtsspecial - Der blaue Karfunkel

Matthias McDonnell Bodkin
Detektiv Paul Beck & Detektivin Dora Myrl (24 packende McDonnell Bodkin-Krimis)

Edgar Wallace
Das Geheimnis der gelben Narzissen (Krimi-Klassiker)

Mathias McDonnell Bodkin

Paul Becks Gefangennahme (Kriminalroman)

Übersetzer: Berta Pogson

e-artnow, 2018
ISBN 978-80-273-1035-7

Inhaltsverzeichnis

Erstes Kapitel Ein Antrag	11
Zweites Kapitel Ein Freund in der Not	15
Drittes Kapitel Hausse und Krach	18
Viertes Kapitel Aus den Klauen des Todes	20
Fünftes Kapitel Eine Verwandlung	22
Sechstes Kapitel Verloren und gefunden	26
Siebentes Kapitel Die Vergeltung	30
Achtes Kapitel Der Angriff	34
Neuntes Kapitel Verteidigung	39
Zehntes Kapitel Die Photographie mit Namenszug	43
Elftes Kapitel Der Lebensretter	47
Zwölftes Kapitel Blinder Alarm	51
Dreizehntes Kapitel Tischrücken	55
Vierzehntes Kapitel Eine Warnung	59
Fünfzehntes Kapitel Der Liebe holder Traum	62
Sechzehntes Kapitel Eine Partie Bridge	65
Siebzehntes Kapitel Ein Waffenstillstand	68
Achtzehntes Kapitel Ein Komplott	72
Neunzehntes Kapitel Gegenkomplott	75
Zwanzigstes Kapitel Ein Zusammentreffen	78
Einundzwanzigstes Kapitel Überlistet	82
Zweiundzwanzigstes Kapitel Triumph	86
Dreiundzwanzigstes Kapitel Waffenstillstand	90
Vierundzwanzigstes Kapitel Weibes Wille	93
Fünfundzwanzigstes Kapitel In die Falle gegangen	97
Sechsundzwanzigstes Kapitel In Eile	102

Erstes Kapitel
Ein Antrag

»Sagen Sie nicht glattweg ›nein‹, das ist alles, was ich erbitte. Ich bedaure schon, daß ich davon anfing, es ist reinste Vermessenheit, und ich weiß nur zu gut, daß ich nicht wert bin, Ihnen die Schuhriemen zu lösen. Haben Sie Mitleid mit dem armen Kerl, der den Mund nicht länger halten konnte. Weisen Sie mich nicht ganz ab, lassen Sie mir ein Fünkchen Hoffnung; daß Sie ›ja‹ sagen, verlange ich ja gar nicht.«

»Sie verlangen nicht, daß ich ›ja‹ sage?«

Diese Worte klangen in einem leisen spöttischen Lachen aus. Der junge Mann, der sich zu einem völlig unüberlegten Antrag hatte hinreißen lassen, hob nun zum erstenmal die Augen zu dem Antlitz des jungen Mädchens. Die Wangen erglühten unter seinem heißen Blick, die zarten, süßen Lippen zitterten leise, aber in den Tiefen der klaren braunen Augen lachte neckisch ein Schelm.

Eine wilde, tolle Hoffnung erfaßte sein Herz.

»Norma, Norma, ist es möglich? Willst du mich?«

»Sie verlangen ja gar nicht, daß ich ›ja‹ sage,« noch leiser als vorher klangen diese Worte.

Das war genug, er holte sich die Antwort von den frischen Lippen, die sich ihm willig boten. Ein Wonnegefühl von Liebe und Triumph durchrann seine Glieder. Er hatte gesiegt; das Mädchen, nach dem seine Seele verlangte, war sein. Die ganze Welt versank um diese zwei, die jetzt die höchste Seligkeit des irdischen Daseins kosteten, die überwältigende Seligkeit der ersten Liebe.

»Ach du dummer Junge,« sagte sie und strich ihm mit zaghafter Hand das Haar aus der Stirn, »du hättest doch wissen müssen, daß ich dich mehr liebe, als du mich je lieben kannst. Ich wartete ja nur auf deine Frage, um dir das zu gestehen.«

Ihm schwindelte vor Entzücken. »Sie liebt dich, sie liebt dich,« flüsterte es in ihm. Er umschlang sie fest und küßte sie wieder und wieder, und die Gewißheit ihrer Liebe erfüllte ihn mit namenloser Wonne, und in weltentrückter Seligkeit genossen sie den Augenblick. Der schwach beleuchtete Salon mit seinen gedämpften reichen Farben war wie der Tempel ihrer Liebe. Der Mann erwachte zuerst aus diesem Rausch des Entzückens, in ungeduldiger Erwartung noch größerer Wonnen. Dem Mädchen genügte die glückliche Gegenwart.

»Norma,« flüsterte er ihr in das kleine Ohr, »wann wollen wir heiraten?«

»Nie, nie, wenn du mich so fest hältst. Ich fürchte mich vor dir. Wir sind noch nicht einmal richtig verlobt, und du redest schon vom Heiraten. Vielleicht heiraten wir niemals.«

»Was!« rief er mit einem Stich der alten qualvollen Angst. »Du scherzest. Natürlich sind wir verlobt, das will ich dir schon beweisen. Na, sind wir's, oder nicht?«

»Ich kann mich ja nicht wehren, du bist stärker als ich. Aber ehe nicht mein Vater davon weiß, betrachte ich mich nicht als verlobt. Ich habe ja keine Mutter,« setzte sie sehnsüchtig hinzu. »Ich habe die Mutter wohl nie so entbehrt wie gerade jetzt.«

»Nun bist du mein, Liebling, und deinen Vater will ich gleich benachrichtigen. Willst du hier warten, bis ich wiederkomme?«

»Ja, ich will warten. Ich bin für niemand heut zu Hause. Aber merk dir eins, Phil, wenn Vater dich nicht will, will ich dich auch nicht. Du mußt also sehr lieb mit ihm sein.«

»Darum mach dir keine Sorge,« antwortete er vertrauensvoll schon an der Tür, »dein Vater und ich sind gute Freunde.«

Als er hinaus war, machte sie Licht und trat an den Spiegel. Eitelkeit? – Weit gefehlt! Sie wollte das Mädchen sehen, das er liebte. In dem breiten Glas sah sie ein junges Geschöpf, das ihr zuerst fremd erschien; nie vorher hatte sie dieses Gesicht gesehen, dieses seltsam süße Gesicht, glühend von wilden Küssen, mit Augen, in deren Tiefen das Morgenrot der Liebe schimmerte. Sie erschrak fast vor dem Leuchten in ihren Augen, drehte schnell das Licht aus und warf sich in einen der tiefen Sessel, zitternd vor unbestimmter Freude und Angst. – –

»Herein!« rief die scharfe Stimme des Mr. Theophilus Lee, und voll froher Zuversicht betrat Phil Armitage das geräumige, behagliche Arbeitszimmer. Groß, mager und eckig erhob sich Mr. Lee von seinem Zylinderbureau, ihn zu begrüßen; doch in dem Gruß lag keine Wärme. Die kalten grauen Augen blickten höflich, aber kühl fragend auf den Eindringling. Mr. Lee trug eine goldene Brille tief auf seiner langen, schmalen Nase, schaute aber ganz unerwartet häufig über die Gläser hinweg gerade in die Augen seines Besuchs.

Phil Armitages fröhlicher Mut begann zu sinken. So hatte ihn Mr. Lee noch nie behandelt. Selbst stehend und ohne seinen Gast zum Sitzen aufzufordern, nahm er eine fragende Haltung an, die deutlicher als Worte sagte: ›Was haben Sie hier zu suchen? Sagen Sie es und gehen Sie.‹

»Es handelt sich um Ihre Tochter, Mr. Lee,« stotterte Phil.

»Meine Tochter! So? Und was ist mit meiner Tochter, Mr. Armitage?« Kein Laut verriet, daß er den Zweck des Besuches ahnte; nur höfliches Erstaunen, daß der junge Mann etwas über seine Tochter zu sagen habe.

Sein Ton stachelte den Mut des Bewerbers an. »Ich komme zu Ihnen, Mr. Lee,« sagte er sehr ruhig, »um Sie um die Hand Ihrer Tochter zu bitten.«

Das Antlitz des Älteren blieb völlig ausdruckslos, er strich mit der mageren Hand über den spitzen Bart, als streichle er einen Lieblingshund. Plötzlich trafen die kalten grauen Augen über die Brillengläser hinweg die des jungen Mannes. »Sie haben schon mit meiner Tochter gesprochen?« fragte er scharf.

»Jetzt eben, vor wenigen Minuten.«

»Sie halten das natürlich für ehrenhaft?«

»Ich verstehe Sie nicht.«

»Vermutlich nicht. Sie wissen doch, daß meine Tochter mein einziges Kind und eine reiche Erbin ist?«

»Darüber habe ich nie nachgedacht.«

»Aber die Tatsache war Ihnen bekannt, als Sie hierher kamen und ihr den Hof machten, und nachdem Sie ihr das Versprechen abgelockt haben, kommen Sie zu mir und bitten um ihre Hand und ihr Vermögen.«

»Nein, nein; ich versichere Ihnen, ich verlange nicht einen Pfennig.«

»Sie brauchen sich hier durchaus nicht als Theaterheld aufzuspielen, Mr. Armitage, das macht auf mich gar keinen Eindruck. Sie wissen recht gut, daß mein Geld einst meiner Tochter gehören wird.«

Bei den letzten Worten klang ein wärmerer Ton in seiner Stimme. »Ich weiß wohl, daß man mich für hart hält, weil ich schwer gearbeitet habe und auf ehrliche Weise ein großes Vermögen erwarb, das ich nicht unnütz ausgebe. Aber nie hat mich jemand einen harten Vater genannt. Junger Mann, Sie sagen, Sie lieben meine Tochter, aber Sie lieben sie nicht halb so sehr wie ich. Alles, was ich bin und habe, gehört ihr. Wenn Norma einen Bettler oder einen Lumpen heiraten will, so ändert das nichts daran; aber sie soll weder einen Bettler noch einen Lumpen heiraten, so lang ich es verhindern kann.«

Der schmächtige Alte häufte Beleidigung über Beleidigung auf den jungen Hünen, der ihn mit einem Griff zerbrechen, mit einem Schlage töten konnte. Phil biß sich die Lippen und ballte die Fäuste, um durch physische Anstrengung die heiße, wilde Leidenschaft, die nach einem Ausweg rang, niederzuhalten. »Er ist ein alter Mann, er ist ihr Vater,« wiederholte er sich immer wieder.

»Ich hoffe, Mr. Lee,« sagte er nach einer Weile mit einer so vollkommenen Ruhe, daß es ihn selbst überraschte, »Sie halten mich weder für einen Bettler noch für einen Lumpen. Ich habe eine sehr gute Stellung in Aussicht und besitze außerdem zwanzigtausend Pfund für den Anfang.«

»Zwanzigtausend,« höhnte der alte Mann, »diese Riesensumme wagen Sie gegen die zweimalhunderttausend, die meine Tochter am Hochzeitstag erhalten wird. Eine gute Spekulation! Sie verstehen es, Ihren Vorteil und Ihre Liebe zu vereinigen. O, Sie brauchen natürlich kein Geld, ein uneigennütziger Mann braucht das ja nie, wenn er eine reiche Erbin heiraten will.

Man nennt mich einen Geizhals, und wenn geizig sein heißt, daß man an die Macht und den Wert des Geldes glaubt, dann bin ich ein Geizhals.«

Erschöpft sank er auf seinen Stuhl, aschgrau, mit bläulichen Lippen.

»Setzen Sie sich,« sagte er mit Anstrengung und wies auf einen Stuhl, »wir wollen zu Ende kommen.« Er lehnte sich zurück und wischte sich den kalten Schweiß von der Stirn, fuhr dann aber rücksichtslos fort: »Ich will, daß meine Tochter alles haben kann, was mit Geld zu erkaufen ist, und das ist beinahe alles auf der Welt. Abraham Lamman hat bei mir um die Hand meiner Tochter angehalten, und ich habe ihm mein Wort gegeben, wenn er ihre Einwilligung erlangen kann.«

Der junge Armitage war durch diese Ankündigung auf das höchste überrascht. »Haben Sie Lamman nicht gesagt, daß ich –«

»Sie?« unterbrach ihn der Vater. »Wozu sollte ich Sie erwähnen?«

»Ich meine nur, er ist ein Freund von mir.«

»Heißt das, daß er nur mit Ihrer Erlaubnis heiraten darf?« Wieder brach der Zorn bei ihm hervor. »Ich sage Ihnen hiermit, junger Mann, es ist mein Wunsch, daß meine Tochter Lamman heiratet, und ich bin durchaus dagegen, daß sie Sie heiratet. Wenn Sie einmal Hunderttausend Ihr eigen nennen, dann fragen Sie wieder an. Und nun gehen Sie.«

»Darf ich Ihre Tochter noch sprechen, ehe ich gehe?«

Mr. Lee starrte ihn einen Augenblick an, bevor er antwortete.

»Gewiß,« sagte er kühl. »Sie würden es doch auf irgendeine Art zuwege bringen, sie zu sprechen. Am besten jetzt gleich; auf meine Tochter kann ich mich verlassen.« Damit drehte er sich seinem Schreibtisch zu, und Armitage verließ niedergeschmettert das Zimmer.

Das junge Mädchen hörte ihn die Treppe heraufkommen und sprang auf. »Nun?« rief sie ungestüm, »das hat lange gedauert. Hat er –« Trotz der matten Beleuchtung sah sie sein verändertes Gesicht, und der scharfe Blick der Liebe deutete den resignierten Ausdruck sofort richtig.

»Was bedeutet das, Phil? Er hat dich doch nicht abgewiesen? Seid ihr aneinandergeraten? Schnell, sag mir alles.«

»Dein Vater hat mich niederträchtig behandelt, Norma,« sagte er bitter. »Er nannte mich außer Mitgiftjäger noch Bettler, Lump und Lügner, und zwar mit dürren Worten. Er wünscht, daß du den Millionär Abraham Lamman heiratest.«

Sie seufzte nur leise.

»Wenn der Millionär nicht aufgetaucht wäre, hätte ich vielleicht eine Chance gehabt, so aber bin ich der Mitgiftjäger, der nur nach deinem Vermögen trachtet. Man kann ja gern ein Lump sein, wenn man nur über Millionen verfügt. – Nein, das wollte ich nicht sagen, denn Aby Lamman ist ein guter Freund von mir und brav und ehrlich wie nur einer.«

»Mir ist schon sein Anblick zuwider,« entgegnete Norma.

»So willst du ihn nicht heiraten?« flehte er eifrig.

»Nicht um alles in der Welt! Wie kannst du fragen.«

»Mein Liebling,« sagte er beruhigt. »Dein Vater wird sich wohl erst ein bißchen sträuben, aber bald genug nachgeben, wenn wir nur erst verheiratet sind. Je eher, desto besser.«

Er zog sie bei diesen Worten an sich, und sie widerstrebte ihm nicht; schon glaubte er gewonnenes Spiel zu haben.

»Phil,« flüsterte sie, »wir müssen warten, das siehst du doch ein, nicht wahr? Ich kann nicht gegen Vaters Willen heiraten. Mit der Zeit werde ich ihn schon überzeugen, er kann mir ja nichts abschlagen.«

»Warten, warten,« rief er, »und wie lange, Norma?«

»Wie kann ich das sagen? Bis ich Vaters Einwilligung habe.«

»Und wenn er sie nie gibt?«

»O, das wird er doch, Phil, sicher. Ich kenne ihn besser als du.«

Das Ohr des Liebenden hörte die leichte Zaghaftigkeit in ihrem Ton. »Wenn er es aber nicht tut,« drang er weiter in sie, »willst du mir dann versprechen, in drei Monaten – nein, sagen wir in sechs Monaten meine Frau zu werden? Willst du mir das versprechen?«

Seine Worte klangen nicht wie eine Bitte, sondern als habe er ein Recht zu fordern; dagegen aber lehnte sich etwas in ihr auf.

»Nein,« antwortete sie kühl, »so etwas verspreche ich nicht. Ich heirate nicht gegen den Willen meines Vaters.«

»Dann liebst du mich nicht, weißt gar nicht, was wahre Liebe ist.«

»Aber du weißt es!« gab sie spöttisch zurück. »Vor einer Stunde batest du demütig um einen leisen Hoffnungsschimmer, und nun, wo ich dir törichterweise meine Liebe verraten habe, beleidigst du mich!«

»Beleidige ich dich, Norma?«

»Ja, du sagst, ich sei falsch, unbeständig und wisse nicht, was Liebe sei. Also gut, dann wollen wir nicht weiter darüber sprechen. Dann sind wir fertig miteinander.«

»Damit bin ich wohl entlassen?«

»Wie es Ihnen beliebt.«

»Leben Sie wohl, Miß Lee.«

»Leben Sie wohl.«

Er griff nach seinem Hut und Stock; im Grunde seines Herzens fühlte er wohl, daß er sie verletzt habe, und daß sie im Recht war. Er hätte sich ohrfeigen können und sie auf den Knieen um Verzeihung bitten, aber der Trotz war größer als die gute Regung. Unmutig, mit gesenktem Blick ging er durch das Zimmer zur Tür.

Seine Hand faßte schon den Griff, als eine leise Berührung ihn aufsehen ließ. Neben ihm war ihr errötendes Antlitz.

»Nein, nein,« rief sie, als er sie umfassen wollte. »Setz dich dahin, nicht so nahe, und höre mich an. Ich kann es nicht ertragen, daß wir so auseinander gehen. Ich glaube, daß du mich liebst – nein – bleib sitzen – Vater hat dich sehr häßlich behandelt, und ich darf dir nicht böse sein. Versuche aber einmal die Sache mit meinen Augen zu sehen. Ich liebe Vater, und er liebt mich. An meine Mutter kann ich mich nicht erinnern, er war mir Vater und Mutter, er hat mich nie gestraft, nur verhätschelt; er hat mich gepflegt, wenn ich krank war. Er würde mich auch jetzt es nicht entgelten lassen, wenn ich dich morgen heiratete.«

»Das sagte er auch,« stöhnte Phil. Er wollte ehrlich handeln, obwohl seine Hoffnung immer mehr schwand.

»Ich wußte es, ohne daß er es mir sagte. Er würde mir nicht zürnen, aber es würde ihm das Herz brechen, wenn ich so wenig Liebe für ihn hätte, daß ich gegen seinen Willen handeln könnte. Ich kann ihm seine große Liebe nicht so lohnen.«

»Du bist ein Engel, Norma, und ich bin nicht wert, deine Füße zu küssen.«

Vor ihrem Lächeln schwand seine Demut, er zog sie in seine Arme und küßte sie – wenn auch nicht gerade auf die Füße.

»Willst du auf mich warten?« fragte er flüsternd.

»Hundert Jahre, Phil.«

»Hoffentlich nicht ganz so lange,« rief er entsetzt, und beide mußten lachen. »Sagte ich dir, daß dein Vater einwilligt, sobald ich hunderttausend Pfund besitze?«

»Die hast du aber nicht, Liebster?«

»Ich kann sie aber vielleicht bekommen. Aby Lamman sagte mir mal, daß er zuweilen in einer Woche so viel verdient.«

»Ach, Aby Lamman!« Abneigung und Verachtung lagen in ihrem Ton.

»Ich wünsche gar nicht, daß du ihn gern hast, Liebchen. Mir ist er aber ein guter Freund gewesen und er kann mir vielleicht einen guten Tip geben.«

»Trau' ihm nicht.«

»Ich glaube, ich kenne ihn sehr genau. Nun wünsche mir Glück und sag' mir adieu.«

Der Abschied war lang und umständlich, und als sich endlich die Haustür hinter ihm schloß, fand das junge Mädchen ein kleines Medaillon auf dem Treppenläufer. Sie nahm es auf, öffnete es und fand ihr eigenes Bild darin. »O, du glückliches Mädel,« flüsterte sie, küßte es und verbarg es in ihrem Kleid.

Zweites Kapitel
Ein Freund in der Not

»Was um alles in der Welt bringt denn dich in die City, alter Freund? Aber herzlich willkommen und doppelt willkommen, wenn ich dir dienen kann.«

Herzlichkeit klang aus jedem Wort des großen Mannes, und Treuherzigkeit sprach aus seinem breiten, gutmütigen Gesicht.

»Setz dich, mein Junge und steck dir 'ne Zigarre an.« Er schob ihm einen Kasten hin. »Das mildeste, was es gibt. Du frühstückst doch mit mir, was? Und wenn ich hier irgend etwas für dich tun kann, heraus mit der Sprache.«

Aby Lamman mit seiner jovialen Stimme und seiner mächtigen, ungeschickten Figur war die Verzweiflung der großen Schneider in Bond Street, und sein Kontor war wie der Mann selbst unordentlich und gemütlich. In einer Ecke lagen Angelgeräte, in einer andern das Futteral mit den Golfschlägern. Sein Aussehen und seine Umgebung erweckten Vertrauen.

Phil Armitage fühlte nur zu gut den ermutigenden, erfrischenden Einfluß dieses Mannes.

»Es ist eigentlich eine Unverschämtheit von mir, Aby,« sagte er, »überhaupt zu dir zu kommen, denn ich habe soeben herausgefunden, daß wir Rivalen sind.«

Einen Moment verdüsterte sich Lammans heiteres Gesicht und die Brauen zogen sich finster zusammen. Seine Selbstbeherrschung aber war bewundernswert. Er lächelte und fragte freundlich und ruhig: »Miß Lee?«

Armitage nickte.

»Das habe ich gefürchtet. Aber Phil, du kommst doch nicht etwa, um mich zu fordern? Oder um zu verlangen, daß ich alle Ansprüche aufgebe?«

»Das nicht gerade,« antwortete Armitage. Er war froh, daß der andere die Sache so leicht zu nehmen schien. »Mich verlangt durchaus nicht nach einem Streit.«

»Das freut mich,« rief Lamman fröhlich mit seiner lauten Stimme. »Freie Bahn, und der Beste gewinnt. Ich habe das kleine Mädel verzweifelt lieb, das begreifst du wohl, Phil.«

Bei den letzten, mit tiefem Ernst gesprochenen Worten fühlte Armitage einen leisen Stich, wie einen Gewissensbiß. »Du tust mir von ganzem Herzen leid, armer Kerl. Ich hatte keine Ahnung, daß dir die Sache so tief geht, aber ich bin mit Miß Lee verlobt.«

Diese Neuigkeit brachte Lamman offenbar ganz aus dem Gleichgewicht. Er barg sein Gesicht in den Händen und saß lange so. Dann sprang er auf und ging schweigend auf und ab.

»Phil,« sagte er schließlich und legte ihm die Hand auf die Schulter, »ich leugne nicht, daß mir das sehr nahe geht, aber wenn ich sie nicht haben kann, so gibt es keinen, dem ich sie eher gönnte als dir. Besten Glückwunsch, alter Junge. Wann wollt ihr heiraten?«

»Das weiß ich nicht. Offen gestanden, der Vater will mich nicht, er möchte lieber dich, oder vielmehr dein Geld haben.«

»Das kann ich begreifen,« sagte Lamman langsam. »Du hast aber doch genug zum Heiraten.«

»Genug für Norma, gewiß – aber nicht für den alten Lee. Er verlangt als Mindestvermögen hunderttausend Pfund.«

»Das ist ja nicht so schwer zu erlangen,« erwiderte Lamman etwas wegwerfend.

»Nicht für dich, dem alles, was er anfaßt, zu Golde wird. Diese Gabe habe ich leider nicht.«

»Man kann nicht alles haben,« sagte der andre bitter. »Du hast dein Teil. Ich würde gerne tauschen.«

Armitage schien die Bitterkeit nicht zu bemerken. »Sag mal, alter Freund,« begann er zögernd, »ich kam zu dir, weil ich glaubte, daß du mir helfen könntest. Es ist freilich nicht ganz fair, das weiß ich wohl, aber da du sagtest, daß du mich allen andern vorziehen würdest, könntest du –«

»Was?« fragte Lamman ungeduldig, als der andre stockte.

»Na, ich dachte, vielleicht würdest du mir einen Tip für die Fondsbörse geben. Ich habe über zwanzigtausend Pfund, die ich morgen in irgendwas, wozu du rätst, anlegen kann. Ich habe nie den Wunsch nach Geld gehabt, aber jetzt sehne ich mich fast krank danach, um den alten Lee zufriedenstellen zu können.«

Lamman betrachtete ihn aufmerksam, während ein seltsames Lächeln um seine festgeschlossenen Lippen spielte. »Na, an übergroßem Zartgefühl scheinst du nicht zu kranken. Du verlangst von mir, daß ich mir einfach die Gurgel abschneide und dir zu dem verhelfe, was ich selbst erreichen möchte.«

»Du hättest doch keine Chancen. Norma sagte mir, daß sie dich unter keinen Umständen heiraten würde.«

»Das mag wohl sein, aber junge Mädchen ändern zuweilen ihren Sinn. Wenn sie aber dich geheiratet hat, ist das nicht mehr möglich, und dazu soll ich noch helfen?«

»Nein, das sollst du nicht, wenn du es so auffassest,« gab Armitage steif zurück. »Ich werde mein Heil allein versuchen.«

»Immer langsam voran,« sagte der gutmütige Lamman. »Ich habe weder gesagt, daß ich dir nicht helfen will, noch daß ich es will; so etwas will reiflich überlegt sein. Heute ißt du erst mit mir, dann gehen wir ins Theater und morgen um zwölf erneuern wir die Sitzung. Bis dahin kein Wort weiter von der ganzen Geschichte.«

Armitage fand in Lamman den freigebigsten und angenehmsten Wirt wie bei früheren Gelegenheiten, und als sie nach dem ausgezeichneten Frühstück, eine gute Zigarre im Munde, Pall Mall hinunter schlenderten, fühle Armitage sich voller Zuversicht. –

Am nächsten Tage, als Armitage zur bestimmten Stunde im Kontor erschien, war Lamman gemessen und ernst. Schweigend reichte er ihm die Zigarrenkiste. Lammans Zigarren waren mit Recht berühmt, und schweigend rauchten sie wohl fünf Minuten lang. Dann sagte Lamman langsam: »Hör mal, mein Junge, ich wünschte, du ließest mich mit der Geschichte in Ruhe.«

»Wie du willst,« sagte Armitage kurz.

»Ich bin nur in Sorge deinetwegen.«

»O, um mich mach dir keine Gedanken. Ich sehe, daß du etwas Gutes weißt.«

»Etwas, das ich für gut halte. Das ist aber immerhin noch keine Garantie für absolute Sicherheit.«

»Gibt es denn die überhaupt an der Fondsbörse?«

»Nein, das wohl nicht, wenigstens nicht bei großen Sachen.«

»Läßt du dich selbst darauf ein?«

»Selbstverständlich.«

»Dann tue ich es auch; das heißt, wenn du es erlaubst.«

»Bitte, sei nicht böse, wenn ich dich darauf aufmerksam mache, daß ein Verlust, den ich leicht verschmerzen kann, dich ruinieren würde.«

»Ich werde die Folgen tragen.«

»Dann meinetwegen,« sagte Lamman, »des Menschen Wille ist sein Himmelreich. Ehrlich gestanden,« fügte er wie widerstrebend hinzu, »glaube ich nicht, daß ein großes Risiko dabei ist. Aber ich mache eine Bedingung.«

»Schieß los.«

Der große Mann war augenscheinlich verlegen. »Armitage,« begann er schließlich, »ich sage dir ganz ehrlich, ich habe noch nicht alle Hoffnung auf Norma Lees Hand aufgegeben und werde das auch nicht tun, bis ihr verheiratet seid. Wenn dieser Coup gelingt, willst du sie dann vom Fleck weg heiraten?«

Der andere nickte.

»Das paßt mir nicht in meinen Plan; ich verlange auch eine Chance für mich. Junge Mädchen ändern ihren Sinn.«

»So ist Norma nicht.«

»Um so besser für dich, das erleichtert dir die Bedingung. Willst du versprechen, wenn du dies Spiel gewinnst, sechs – na, sagen wir drei Monate zu warten?«

Einen Augenblick zauderte Armitage. »Es gilt,« sagte er und streckte die Hand aus.

Lamman erfaßte sie mit kräftigem Druck. »Nun ans Geschäft,« sagte er munter. »Nach meinen Informationen muß man jetzt Amalgamated Gold Shares kaufen. Du hast doch von der Gesellschaft gehört?«

»Offen gestanden nein!«

»Na, du kümmerst dich ja auch nicht um die Börse. Amalgamated Gold gehört seit vielen Tagen zu den begehrtesten Papieren an der Börse. Eine Anzahl Amerikaner haben ein paar Minen, gute und schlechte, alte und neue, zusammengefaßt und treiben sie in die Höhe. Die Fünfdollaranteile standen nach acht Tagen auf zehn, nach einer Woche fielen sie allerdings wieder auf fünf. Ich glaube aber, daß sie nur um so höher wieder steigen werden.«

»Ich verstehe,« sagte Armitage, »die Minen erweisen sich als besser, als man erwartete.«

Lamman betrachtete ihn mit gutmütigem Spott. »Du bist sehr grün, mein Junge! Die Minen oder das Gold sind ganz nebensächlich, die Leute auf dem Markt, die reichsten und besten in den Vereinigten Staaten, bereiten, wie ich glaube, eine neue Hausse vor, und ich will von Anfang an dabei sein.«

»Ich auch.«

»Du auch, wenn du's riskieren willst. Jetzt heißt es kaufen, kaufen und nochmal kaufen. Hier ist das Telegramm für meinen Agenten in Amerika. Die Chiffres sind ganz einfach, wenn man den Schlüssel hat. Ich will die Nachricht gleich selbst aufgeben, denn jetzt bedeuten Minuten vielleicht schon Tausende.«

»Kannst du auch für mich kaufen?«

»Nein, du mußt dich an deinen eigenen Makler halten. Aber sei vorsichtig, daß du mich nicht verrätst, sonst geht am Ende die Karre in den Dreck.«

»Du kannst dich auf mich verlassen. Wann soll ich anfangen?«

»Am besten sofort.«

Sie gingen zu einem ruhigen kleinen Telegraphenbureau, wo Lamman das Telegramm aufgab. Armitage sah mit großem Erstaunen, daß der Beamte, der es in Empfang nahm, eine merkwürdige Ähnlichkeit mit ihm selbst hatte. Armitage war glatt rasiert und der Beamte trug einen kleinen Schnurrbart und spitzen Backenbart. Immerhin war die Ähnlichkeit so auffallend, daß es ihm sonderbar erschien, daß weder Lamman noch der Beamte sie bemerkten.

Lamman trennte sich dort von ihm, und er ging allein zu seinem Makler.

Mr. Samson, ein ernster, gewissenhafter, silberhaariger Mann, war sehr erstaunt, als Philip Armitage ihn beauftragte, für ihn bis zu zwanzigtausend Pfund Amalgamated Gold Shares zu kaufen.

»Das ist eine große Summe,« warnte er väterlich, »Amalgamated Gold gilt für ein Spekulationspapier.«

»Ich trage die Verantwortung,« erwiderte Armitage.

»Sie haben mir aber keinen genauen Auftrag gegeben. Wie weit soll ich gehen? Soll ich gegen bar oder auf Rechnung kaufen?«

»Davon verstehe ich nichts, Mr. Samson. Kaufen, kaufen und weiterkaufen, so weit die zwanzigtausend reichen. Alles andre überlasse ich Ihnen.«

»Er scheint seiner Sache sehr sicher,« dachte Mr. Samson. »Da will ich auch ein bißchen was riskieren.« So kaufte er erst einmal ein gutes Teil der bezeichneten Aktien für sich, ehe er Phil Armitages Auftrag ausführte.

Drittes Kapitel
Hausse und Krach

Zum erstenmal in seinem Leben studierte jetzt Phil Armitage die Börsenberichte. Flüchtig glitt sein Blick über die Spalten der Zeitung – Parlament und Sport – denen sonst sein Interesse gegolten hatte, und haftete an dem Berichte über den Geldmarkt.

In den ersten Tagen blieb Amalgamated Gold ganz ruhig, dann begann ein leises Schwanken auf- und abwärts über die Parilinie und allmählich ging es ruhig und sicher in die Höhe. Ein Achtel, ein Viertel, ein Halb wurde erreicht, und immer weiter stiegen die Aktien. Armitage genügten die Zeitungsberichte nicht mehr, er verfolgte die neuesten Meldungen im Klub. Die fieberhafte Aufregung der Spieler rann auch durch seine Adern. Bald zog die Hausse allgemeine Aufmerksamkeit auf sich, tolle Gerüchte kamen auf, und bildeten das Tagesgespräch im Klub.

Unser Freund Phil lächelte überlegen, wenn er solche Unterhaltungen mit anhörte, er gehörte ja zu den Eingeweihten, und die törichten Bemerkungen der Außenseiter machten ihm Spaß. Eines Tages traf er Lamman zufällig auf der Straße.

»Na,« sagte dieser, als Armitage ihm warm die Hand drückte, »bist du zufrieden?«

»Werden sie noch weiter steigen?« fragte Armitage.

Lamman lachte sein gutmütiges, dröhnendes Lachen. »Wie kann ich das sagen? Ich bin kein Prophet. Aber wenn du zu den jetzigen Preisen verkaufen willst, so nehme ich deinen kleinen Vorrat, du wirst mir wohl die Vorhand lassen, was? Spielen und jobbern ist nichts für junge Leute, das fällt auf die Nerven.«

»Was tust du denn?« fragte Phil.

»Ich kaufe,« sagte Lamman mit einem ermutigenden Zwinkern und raste davon.

Für den Augenblick war Phil zufrieden und beruhigt; er fühlte aber doch, wie sehr die Sache ihm auf die Nerven ging. Als eines Tages die Fünfdollaranteile auf elf standen, ging er zu seinem Makler.

Mr. Samson empfing ihn mit übergroßer Liebenswürdigkeit.

»Ich gratuliere, Mr. Armitage,« sagte er, »Sie haben eine feine Nase gehabt. Sie verzeihen wohl, daß ich Ihnen abgeraten habe, aber ich ahnte ja nicht, daß Ihnen so etwas liegt.«

Phil Armitage war noch sehr jung. Ihm schmeichelte das Kompliment, als habe er wirklich etwas Wunderbares vollbracht.

»Natürlich, Herr Samson,« erwiderte er mit überlegener Miene. »Ich kam nur herein, um mal zu hören, wie ich stehe.«

»Sehr gern,« antwortete der Makler. »Jenkins,« rief er in das große Bureau, »bitte bringen Sie mir mal Mr. Armitages Konto.«

Er schlug das Buch auf dem Tisch auf. »Lassen Sie uns mal sehen. An dem Tag, als Sie uns die Order gaben, kauften wir zwei Partieen zu –«

Armitage unterbrach ihn höflich. »Bemühen Sie sich nicht um die Einzelheiten. Können Sie mir sagen, wie ich jetzt stehe – ich meine, wie viel mir dies Geschäft einbringt, wenn ich jetzt verkaufe?«

»Sie glauben also, daß der Höhepunkt erreicht ist?« fragte Mr. Samson ängstlich und mit lächerlicher Unterwürfigkeit.

Armitage lächelte geheimnisvoll und schüttelte den Kopf. »Das habe ich nicht gesagt. Ich wünschte nur eine ungefähre Auskunft.«

»Verzeihen Sie, wenn ich indiskret war. Einen Augenblick.« Er rechnete eifrig mit seinem goldenen Bleistift auf einem Stück Papier. »Hier haben Sie eine Aufstellung. Wir haben zwanzigtausend Anteile für Ihre Rechnung gekauft. Der Durchschnittsgewinn ist ungefähr sechs Dollar. Wenn Sie jetzt verkaufen wollen, Mr. Armitage, so macht das einen Gewinn von zirka vierundzwanzigtausend Pfund.«

Armitage war sprachlos. In einer Woche vierundzwanzigtausend Pfund und in einem Monat waren es vielleicht hunderttausend. Manche Zeitungen prophezeiten ja ein immer weiteres Steigen. Er fühlte, daß er seinen Freund Lamman um Rat fragen müsse, denn er war ja unerfahren wie ein neugeborenes Kind in solchen Dingen. Und doch schmeckte die Hilfe des großmütigen Freundes ein wenig bitter; sein Egoismus hatte sein Gewissen betäubt, das ihn mahnte, es sei unedel, gerade diesen Mann um Hilfe anzugehen.

»Soll ich für Sie realisieren?« fragte Mr. Samson.

»Nein, Mr. Samson. Ich will noch nicht verkaufen. Amalgamated werden wohl noch weiter hinaufgehen. Sie hören in ein paar Tagen von mir.«

Er wunderte sich selbst über die ruhige Gelassenheit, mit der er sich von dem Makler verabschiedete. Wie getragen durch das große Glück schritt er dahin. Plötzlich aber durchzuckte ihn ein Gedanke. Dieser ganze große Reichtum war Zaubergold, das ebenso rasch zerrann, wie es gewonnen wurde. Schon war er ein paar Schritt rückwärts gegangen, um den Makler mit dem Verkauf zu beauftragen, da winkte er sich einen Wagen heran und gab dem Kutscher Lammans Adresse.

Lamman war augenscheinlich erfreut über seinen Besuch.

»Hab' dich halb und halb erwartet. Nun?« Das eine Wort enthielt unendlich viel.

»Ich wäre schon längst gekommen, wenn ich nicht fürchtete, dich zu stören,« sagte Armitage etwas verlegen. »Du bist ein Zauberkünstler. Wie kann ich dir danken?«

»Ist nicht der Rede wert. Ein kleiner Tip kostet mich ja nichts. Ich bin ja selbst beteiligt, und hoffe noch mehr damit zu machen.«

Darauf biß Armitage sofort an. »Du würdest mir also auch raten, noch länger abzuwarten?«

»Nein,« antwortete Lamman gemessen. »Ich gebe dir keinen Rat; die Verantwortung übernehme ich nicht. Du sollst mir keine Vorwürfe machen können, wenn durch irgend einen Zufall die Sache schief geht.«

Armitage lächelte und glaubte zu verstehen.

»Du glaubst nicht, daß die Papiere fallen werden?«

»Natürlich glaube ich das. Das tun sie jedenfalls, ehe sie sicher und fest zu einem hohen Preise liegen; dann hört ja die Spekulation auf.«

Armitage hatte den Rat, den er haben wollte. »Adieu, alter Junge und tausend Dank für den Tip. Ich fühle mich ganz beschämt unter diesen Verhältnissen.«

»Nicht nötig,« war Lammans Antwort, »im Krieg und in der Liebe ist alles erlaubt. Übrigens nimm dich in acht, ich könnte dir ja auch mal einen falschen Tip geben.«

»Wenn mir nichts größere Sorge machte,« lachte Armitage.

Als die Aktien am nächsten Tag etwas fielen, las Armitage den Bericht in der »Times« in voller Gemütsruhe und beglückwünschte sich im stillen zu seinem treuen Freund.

Er beglückwünschte sich erst recht am folgenden Morgen, wo die Aktien bis auf neunzehn getrieben wurden. Wie viele andre nahm auch Armitage sich vor zu verkaufen, sobald die runde Summe erreicht sei. Dieser Augenblick kam aber nie.

Um Mittag kam in den Klub die Nachricht, daß die Preise fielen. Eine Weile schienen sie unausgesetzt auf und ab zu gehen, dann plötzlich fielen sie ins Bodenlose. Tiefer und immer tiefer!

Wilder Tumult und förmliche Panik herrschte in New York und kaum weniger in Throgmorton Street. Menschen wurden zu Bestien, einige erschossen sich, andre wurden wahnsinnig. Die Seifenblase war geplatzt, die Aktien waren nicht das Papier wert, auf dem sie ausgegeben wurden, und Phil Armitage war völlig ruiniert.

Viertes Kapitel
Aus den Klauen des Todes

Armitage war wie gelähmt, er konnte und wollte es nicht fassen. An jenem Abend tat er, was er nie vorher getan hatte. Er nahm sich drei Flaschen Champagner mit auf sein Zimmer und trank und trank, bis er einschlief. Er gewann aber nur kurzen Aufschub, denn nach einigen Stunden erwachte er aus schweren Träumen, wunderte sich über das brennende elektrische Licht und darüber, daß er noch angezogen war. Plötzlich aber kam ihm mit einem schneidenden Schmerz das volle Bewußtsein seines Zusammenbruchs. Nun saß er stundenlang und starrte in die trostlose Zukunft. Er hatte nicht nur sein Vermögen verloren, sondern auch das Mädchen, das er liebte. Jetzt war er wirklich ein Bettler und mußte ihr ihr Wort zurückgeben; er wollte ihr gleich schreiben und sie freigeben.

Allmählich fing er an, der Zukunft ernst ins Angesicht zu blicken; vor ihm lag ein völlig verändertes Leben voll Mühe und Arbeit. Bisher hatte er sehr glücklich und behaglich gelebt. Er hatte keine Eltern mehr, war vollkommen sein eigener Herr, und sein Vermögen reichte aus, um seine Launen und Wünsche zu befriedigen. Er war hübsch und stattlich, gesund und beliebt bei alt und jung. So war er dahingetrieben im Strom des Lebens, bis seine Liebe für Norma Lee ihm die erste bittere Stunde bereitete. In den langen Stunden dieser Nacht glaubte er auf alles eher verzichten zu können als auf dieses Mädchen. Sie aber war ihm verloren, sie würde aus seinem Leben ganz und gar verschwinden und vielleicht gar einem andern angehören; das war der tiefste Stachel in seinem Elend.

Ein eiskaltes Bad brachte seine Nerven zur Ruhe, und mit gutem Appetit ging er zum Frühstück hinunter. Man muß ja essen, selbst wenn man ruiniert ist!

Drei Briefe lagen neben seiner Tasse. Er ergriff den kleinsten zuerst. Er war sehr kurz. Gestern noch wäre er glücklich darüber gewesen, heute empfand er beim Lesen einen stechenden Schmerz.

»Lieber Phil. Heute mittag um zwölf werde ich allein zu Hause sein. Deine Dich liebende Norma.

P. S. Vater weiß Bescheid.«

Er durfte es nicht wagen, dieser Verabredung zu folgen. Er wußte, es würde ihn feig machen, denn sie würde ihn jetzt nur noch mehr lieben und willens sein, ihm auch jetzt noch zu folgen.

»Nein,« flüsterte er vor sich hin, »ein solcher Lump bin ich doch nicht. Ich will ihr alles schreiben, und wenn ich von hier fortgehe, hinterlasse ich keine Adresse. Ich muß ganz verschwinden aus ihrem Leben.«

Der zweite Brief war von Lamman, kurz, männlich und aufrichtig wie er selbst.

»Lieber Armitage. Ich kann es mir nicht verzeihen, daß ich an Deinem Unglück schuld bin. Gestern habe ich den ganzen Tag gehofft, daß Du rechtzeitig wenigstens einen Teil der Amalgamated verkauft hättest. Ich könnte mich ohrfeigen, daß ich Dir nicht den Rat gab, mit Deinem Gewinn Dich zurückzuziehen. Aber selbst die Klügsten unter uns sind manchmal Dummköpfe. Mich hat der Schlag auch ziemlich schwer getroffen, aber ich kann es durchhalten. Wenn ich Dir irgendwie helfen kann, wende Dich vertrauensvoll an mich. Immer Dein Freund A. Lamman.«

»Guter Kerl,« dachte Armitage, »wie anständig, mir seine Hilfe anzubieten; er ist aber der letzte, von dem ich etwas annehmen kann. Ich hätte überhaupt gar nicht zu ihm gehen dürfen, mir ist eigentlich ganz recht geschehen.«

Mr. Samsons Mitteilung, die letzte der drei, war kurz und trocken. Beigefügt war eine Abrechnung, von der Armitage absolut nichts verstand, als daß ihm von seinem Vermögen 129 Pfund Sterling, 7 Schilling, 4 Pence übrig blieben.

Dieser Brief ließ ihn nachdenken und berechnen, wie es um ihn stand. Seine Schulden waren nicht der Rede wert, denn er zahlte immer bar. Wenn alles bezahlt sein würde, blieben ihm noch rund zweihundert Pfund. Dadurch wurde ihm wenigstens Zeit gegönnt, sich ordentlich umzusehen. Er hatte Elektrotechnik studiert und sich jeder neuen Erfindung immer wieder mit besonderem Interesse zugewandt. Er konnte einen Telegraphenapparat konstruieren, hatte auf dem Papier eine neue Flugmaschine erfunden, dann wieder interessierte ihn die drahtlose Telegraphie. Damit mußte es ihm doch gelingen, Geld zu verdienen, wenigstens genug für seinen Lebensunterhalt.

Als er die drei Briefe geschrieben hatte, ging er aus, um sich nach Arbeit umzusehen.

Wochen und Monate suchte er vergebens. Er hatte eine billige Wohnung bezogen, lebte sehr einfach, ging allen ehemaligen Bekannten aus dem Wege, und doch glitten ihm seine zweihundert Pfund rasch durch die Finger; er hatte ja niemals sparen gelernt.

Eines Abends wanderte er auf dem breiten Trottoir vor dem Marble Arch auf und ab, eine gute Zigarre im Munde; um sich die leisten zu können, hatte er sich beim Mittagessen mit Milch und Brötchen begnügt.

Seine Gedanken beschäftigten sich, wie jetzt immer, mit der Frage des Broterwerbs, doch beobachtete er nebenbei einen jungen Menschen, der etwas unsicher vor ihm herging und ihm seltsam bekannt vorkam. Der junge Mann war nicht gerade betrunken, doch fiel es ihm entschieden schwer, geradeaus zu gehen. Armitage war gerade neben ihm, als er plötzlich, ohne nach rechts und links zu sehen, den Fahrdamm betrat, um ihn zu überqueren. Ein Automobil kam puffend die Straße herauf, der Chauffeur brauchte seine Huppe wie wild. Der Mann hörte die Huppe wohl, zögerte unschlüssig einen Moment; auf das Trottoir zurückzutreten, wäre das einfachste und natürlichste gewesen, statt dessen schoß er plötzlich dem Automobil in den Weg. Weiter drüben war die Bahn frei, aber ehe er so weit kam, stolperte er und fiel fast vor die Räder des Autos. Der Chauffeur gebrauchte die Bremse, doch war der Wagen zu sehr in Fahrt. Armitage schoß über die Straße, ergriff den zusammengebrochenen Mann beim Kragen und riß ihn fort; er kam beinahe noch zu rechter Zeit und doch nicht ganz. Eines der schleppenden Beine wurde noch von dem Rad erfaßt und gebrochen.

Der rasende Schmerzensschrei klang hell durch die stille Luft und zog eine Menge Menschen von allen Seiten herbei. Das Automobil stand ein paar Schritt weiter, der Besitzer sprang mit leichenblassem Gesicht heraus.

»Ist er tot?« fragte er angstvoll.

»Ich glaube nicht,« antwortete Armitage, der sich tief über den zitternden Körper gebeugt hatte. »Ich glaube, ich fühle sein Herz schlagen.«

»Das stimmt,« mischte sich nun eine dritte Stimme mit dem gedehnten, nasalen Klang der Amerikaner hinein, »diesmal habt Ihr mein Lebenslicht noch nicht ausgepustet, guter Freund. Das Bein ist kaput, das ist alles.«

Mit einem Ächzen richtete sich der Mann ein wenig in die Höhe und sah sich um. Armitage entfuhr ein Ausruf höchsten Erstaunens. Das Gesicht, blaß und schmerzverzogen, war das des Telegraphenbeamten, der eine so große Ähnlichkeit mit ihm selbst hatte.

Auch der Besitzer des Automobils sah die Ähnlichkeit. »Ihr Bruder?« fragte er Armitage, der nur den Kopf schüttelte.

Der Überfahrene lächelte und wollte sprechen, sank dann aber in tiefer Ohnmacht zusammen.

»Schnell, schnell, helfen Sie mir ihn in den Wagen tragen; wir müssen ihn ins Hospital schaffen. Der Wagen fährt schnell und sehr ruhig.« Der alte Herr riß den Schlag auf und half Armitage, den Verunglückten zu betten. »Wollen Sie bitte mitkommen,« sagte er dann. »Recht so, Schutzmann,« rief er nun aus dem Fenster, »machen Sie uns den Weg frei; hier ist meine Karte und meine Nummer. Diesmal sind wir allerdings nicht schuld an dem Unfall. Ich bringe den armen Teufel ins Hospital – Bein gebrochen, glaube ich.«

Fünftes Kapitel
Eine Verwandlung

Die Verletzung erwies sich als ein einfacher Beinbruch, der völlig wieder heilen würde. Als Armitage den Patienten am nächsten Tag besuchte, fand er ihn blaß, aber vergnügt und sehr redselig.

»Setzen Sie sich dahin,« sagte jener, »damit ich Sie ordentlich ansehen kann. Sie haben mir die Himmelfahrt erspart, wie man mir erzählt, und ich bin nicht böse darüber, denn dieses alte Jammertal behagt mir noch ganz gut. Der Schutzmann war eben hier, ich hab' ihm gesagt, daß den Alten keine Schuld trifft. Famoser alter Kerl, wollte mächtig in den Beutel langen, wenn ich Geld brauchte; tue ich aber nicht. Ich hab' nicht viel Talent zum ›Danke‹ sagen; aber nicht wahr, wenn Sie mal das Gefühl haben, daß Sie in ein Automobil laufen müssen, dann geben Sie mir die Chance, Sie herauszuholen?«

Er streckte einen langen Arm aus. Wieder durchzuckte Armitage ein sonderbares Erstaunen, als er die Hand ergriff; sie war seiner eigenen so ähnlich, wie es ihre Gesichter und Gestalten waren. Die beiden Männer schienen wirklich aus derselben Form hervorgegangen zu sein.

Auch das blasse Gesicht auf dem Kissen lächelte matt. »Ja,« beantwortete er Armitages Blick, »wir könnten Brüder sein. Schade, daß es nicht so ist. Ich habe keinen. Na, Sie wollen wohl wissen, wer ich bin und wieso ich unter die Räder des Autos kam? Das ist höchst einfach. Ich hatte nämlich ein bißchen gefeiert, und die Extraflasche Champagner gab mir den Rest. Aber ich fange am verkehrten Ende an. Erlauben Sie also, daß ich mit der Vorstellung des Helden unsrer Geschichte beginne. Cyril M. Littledale, 7. West Avenue, New York; bisheriger Telegraphenbeamter im Dienste Seiner Britischen Majestät. Die Geschichte war nämlich so. Ich wollte die Sekretärin meines alten Herrn heiraten, das famoseste Mädel unter der Sonne, aber das ist ja Nebensache. Der Alte ist Millionär und wollte nichts davon wissen. Keiner wollte nachgeben. Er wollte das Mädel entlassen. Ich sagte ihm, das wäre einfach gemein, ich hätte die Schuld, und deshalb müsse ich gehen. Mein Alter ist mächtig geradezu. Er sagte, ich möge mich zum Teufel scheren. Aber das Mädel behielt er, legte ihr zu und behandelte sie besser als vorher. Ich bekam hier eine Anstellung bei der Post. Irene – so heißt sie – schrieb mir jede Woche, aber von meinem Alten hatte ich über ein Jahr keine Silbe. Gestern wies er mir telegraphisch fünftausend Dollars an mit dem Vermerk ›Komm zurück und heirate‹. Nun wundern Sie sich nicht mehr, daß ich feierte, was?«

Armitage hatte mit großem Interesse zugehört; dieser junge Mann besaß entschieden Mut und Entschlossenheit, er fühlte in sich einen wunderlichen Stolz auf sein zweites Ich. »Ich habe Sie schon auf dem Telegraphenbureau gesehen. Ich kam einmal mit meinem Freund Aby Lamman dorthin.«

»O, ich kenne Aby,« war die respektlose Erwiderung, »schlau wie ein Fuchs und ebenso skrupellos. Er gab seine Telegramme immer bei uns auf, da wurde ich neugierig, fragte drüben über dem großen Teich an und fand alles heraus.«

»Was denn?«

»Ich kenne alle seine Tricks; er gehört zu der Standard Oil Gesellschaft, aber man muß scharfe Augen haben, um das herauszufinden. Was Aby nicht weiß, ist des Wissens nicht wert.«

In seinem Ton lag eine Verachtung, die deutlich empfinden ließ, daß er die Informationen Abys weit über seine Ehrlichkeit stellte. Armitage errötete ärgerlich, er war ein sehr treuer Freund.

Die scharfen Augen des Yankee lasen seine Gedanken. »Verzeihung,« rief er reuig, »ich wußte nicht, daß er ein Freund von Ihnen ist.«

»Der beste Freund, den man sich wünschen kann,« antwortete Armitage warm. »Vor kurzem erst hat er mir geholfen, wenigstens hatte er die Absicht zu helfen, obwohl –«

Littledales Augen sahen ihn gespannt an, als er zögerte. »Sind Sie Ihrer Sache sicher?« fragte er gedehnt und etwas spöttisch.

»Sie irren sich vollkommen.«

»Ich habe ja gar nichts gesagt.«

»Aber um so mehr gedacht. Ich will Ihnen die ganze Geschichte erzählen, damit Sie nicht schlecht von ihm denken.«

Er berichtete getreulich und schloß mit den Worten: »In gewisser Weise sind Sie auch dabei beteiligt. Den Tag kamen wir in Ihr Bureau. Entsinnen Sie sich vielleicht?«

»Gewiß. Ungefähr vor vier Monaten. Ihr Gesicht gefiel mir gleich, und ich wunderte mich, wie Sie zu der Gesellschaft kämen.«

»Lamman gab Ihnen selbst das Telegramm, er wolle Amalgamated Gold kaufen.«

»Verkaufen,« erwiderte der andre mit Nachdruck. »Ich erinnere mich sehr wohl an den Auftrag. »Amalgamated Gold verkaufen und weiter verkaufen bis zum Krach.«

»Ruhig, guter Freund.« Armitage war aufgesprungen. »Nehmen Sie die Sache ruhig. Ich spreche die reine Wahrheit. Aus Langeweile begann ich da auf dem Postamt einmal den Telegraphencode zu studieren, machte mich dann auch an den Geheimcode von Aby, das war eine harte Nuß, aber ich habe es doch 'rausgekriegt und erfuhr so eine Menge über ihn. An das Telegramm damals erinnere ich mich genau, denn ich war in Versuchung, die Nachricht an meinen Vater zu telegraphieren.«

Die Wahrheit seiner Worte war nicht zu bezweifeln, und nun, da Armitages Sinn auf diese Spur gelenkt war, fielen ihm hundert Kleinigkeiten aus seinen Unterhaltungen mit Lamman ein, die die Sache bestätigten. Er hatte also mit ihm wie mit einem gläubigen Kind gespielt und ihn unter dem Deckmantel der Freundschaft ruiniert. Eine heiße Blutwelle stieg in ihm auf, er erstickte fast vor Zorn.

»Der verfluchte Halunke,« brach er endlich los.

»So ist's recht,« ertönte es beifällig vom Bett her, »das ist er und noch viel mehr.«

»Der hündische Verräter! Ich könnte ihn erwürgen und werde ihm gehörig meine Meinung sagen, wenn ich ihm mal begegne.«

»Dazu sage ich Nein. Erwürgen wäre ganz gut, wenn die Folgen nicht wären. Es wird wohl noch eine andre Art geben. Lassen Sie mich nachdenken und machen Sie jetzt, daß Sie fortkommen. Der Doktor sagt, ich solle viel schlafen und wenig reden, wenn ich in zwei Monaten zu Irene reisen will.«

Armitage saß stundenlang, voller Wut und Selbstverachtung vor sich hinstarrend, in seinem ärmlichen Zimmerchen. Was für ein Schuft war Lamman, und welch blöder Tor er selbst, so in die Falle zu gehen und niemals auch nur auf den Gedanken einer Treulosigkeit zu kommen. Er war einer jener Menschen ohne jedes Mißtrauen, die alle andern für ebenso ehrlich und treu halten, wie sie selbst es sind.

Nach einer qualvollen, ruhelosen Nacht besuchte er Littledale am nächsten Morgen wieder im Hospital.

Der Yankee sah ihm prüfend entgegen. »Na, möchten Sie noch mit Freund Aby zusammenstoßen?«

»Hoffentlich kreuzt er nie meinen Weg. Ich glaube, ich könnte die Hände nicht von ihm lassen.«

»So schlimm steht es?« fragte Littledale enttäuscht. »Ich hatte mir etwas ausgedacht, was helfen könnte, Aug' um Auge, Zahn um Zahn. Wenn Sie aber nicht wollen – – Aber was wollen Sie selbst anfangen, ich möchte so gern helfen. Ich schulde Ihnen mein Leben, und das ist mir momentan unglaublich viel wert. Ich kann nicht die ganze Schuld abtragen, aber doch vielleicht wenigstens bescheidene Zinsen zahlen.«

Tiefes Gefühl sprach aus den leichten Worten. Armitage war gerührt und versuchte nun auch die Sache leicht hinzustellen.

»Einen Griff an den Rockkragen, das ist ja alles, wofür Sie mir zu danken haben.«

»Sie haben Ihr Leben aufs Spiel gesetzt, um das meine zu retten. Na, lassen wir das. Ich sehe mit halbem Auge, daß Fortuna Ihnen nicht hold ist, da müssen Sie mir erlauben, Ihnen auf die eine oder andere Art zu helfen.«

»Mir scheint, Sie sind noch schlimmer dran als ich.«

»O, mir geht es ausgezeichnet; ich hatte heute morgen eine Depesche von meinem Alten und eine von Irene. Die beiden sind dicke Freunde, nennen sich schon Vater und Tochter. Und der Doktor sagt, in zwei Monaten ist mein Bein wieder wie früher.«

»Aber zwei Monate auf dem Rücken liegen?«

»Schadet nichts, Kleiner. Ein lahmes Bein macht noch kein Gefängnis, so lange mein Geist frei wandern kann. Und meiner ist seit unsrer Begegnung meist Galopp geritten. Ich möchte Ihnen aufhelfen; es hat ja keinen Zweck, Ihnen Geld anzubieten, obwohl ich genug für uns beide habe. Na, das dacht' ich mir: Sie wollen sich ehrlich Ihr Brot verdienen; nicken Sie nur, wenn ich recht habe.«

Armitage lachte und nickte. »Können Sie mir nicht die Stelle verschaffen, die Sie aufgegeben haben?« scherzte er.

Der Yankee griff mit plötzlichem Ernst die Frage auf. »Ich habe die Stelle gar nicht aufgegeben. Im Gegenteil, ich habe gestern um Urlaub gebeten, fügte das Attest des Arztes bei und erhielt Urlaub auf zwei Monate bei vollem Gehalt.«

»Ich dachte, Sie wollten nach Haus zu Ihrem Vater und Irene,« rief Armitage ganz verwirrt.

»Natürlich,« sagte der andre langsam.

»Wie können Sie dann Ihre Stellung hier behalten?«

»Ich muß einen Ersatzmann finden, und der sollen Sie sein. Starren Sie mich nicht so an. Auf unsrer Weltkugel ist wohl Platz für zwei Cyril Littledales, einer in der Alten Welt, einer in der Neuen. Sie sollen der in der Alten Welt sein.«

»Aber ich sehe nicht –«

»Setzen Sie nur erst Brillengläser auf, dann kommt die Erleuchtung. Wir sind ja wie Zwillinge. Ich werde mich glatt rasieren, und Sie lassen sich einen Bart stehen. Dann müssen Sie lernen, so wie ich zu schreiben und zu sprechen. Dafür haben Sie zwei Monate Zeit, dann übernehmen Sie meine Stellung und kein Mensch riecht den Braten.«

Armitages schwacher Widerstand gegen diesen tollen Plan war bald gebrochen.

»Sie möchten sich Ihren Unterhalt erwerben, nun, so tun Sie es. Sie möchten verschwinden, gut, so verschwinden Sie in meiner Person. Nicht ehrenhaft, sagen Sie? Unsinn, der Regierung ist's sehr egal, wer die Arbeit tut, wenn sie nur gut getan wird.«

»Ich würde dort Lamman unausgesetzt sehen und würde dann meine Hände nicht von dem Halunken lassen können.«

»Das haben Sie absolut nicht nötig, wenn Sie keine Sehnsucht nach seinem Anblick haben. Ich sah ihn nur ein paarmal, weil ich von drüben über ihn gehört hatte und neugierig war. Er ist am besten orientiert in ganz Europa, bezahlt auch ein ganzes Heer von Spionen. Sie brauchen aber aus Ihrem netten kleinen Zimmer gar nicht herauszukommen; die Formulare werden Ihnen von einem allerliebsten kleinen Mädel gebracht. Wenn ich Irene nicht hätte, wer weiß, was passiert wäre.«

Armitage starrte aus den Boden, während der andre kein Auge von ihm ließ.

»Es ist ein toller, gefährlicher Plan,« sagte er schließlich in starker Versuchung, nachzugeben.

»Durchaus nicht,« gab der Yankee zurück. »Sie können ja jeden Tag Ihren Bart abnehmen lassen und als Armitage wieder auf der Bildfläche erscheinen. Schlagen Sie ein.«

Armitage schlug in die dargebotene Hand. »Es ist ja einerlei, was aus mir wird.«

Im Grunde aber hatte er viel Freude an der Fortsetzung des Abenteuers. Littledale war ein unermüdlicher Lehrer und brillanter Mimiker, kopierte zuweilen Armitage in Gesten, Stimme und Lachen zum Verwechseln.

Langsamer, aber ebenso sicher gelang es Armitage, den amerikanischen Dialekt und den nasalen Ton seines Freundes sich anzueignen, auch die Handschrift kopierte er schließlich zum Verwechseln ähnlich. Littledale hatte ihm jede Kleinigkeit sowohl in seiner Wohnung wie auf dem Postamt beschrieben und meinte: »Sie haben mich zwei Monate lang nicht gesehen, werden also um so weniger mißtrauisch sein.«

Eines Tages, als der zweite Monat zu Ende ging, sagte Littledale: »Nun brauchst du keinen Unterricht mehr, du bist ganz ›ich‹ vom Scheitel bis zur Sohle, sogar Irene würde dich sofort heiraten, wenn du sie in dem Ton anredetest. Aber etwas andres muß ich dir noch zeigen, etwas sehr Interessantes. Du erinnerst dich wohl, daß ich Lammans Geheimcode entziffert habe?«

»Laß mich mit dem Kerl in Ruh,« fuhr Armitage auf.

»Sein Code ist aber sehr schlau und fein, und man weiß nie, wozu man so etwas mal brauchen kann. Tu's mir zu Gefallen,« setzte er nach einer Pause hinzu, »ich bin wirklich stolz darauf, daß ich das herausgekriegt habe.«

Da gab Armitage sofort nach. Er wurde bald belohnt, denn er hatte seine Freude an der Einfachheit dieses Codes, der mit großem Scharfsinn zusammengestellt war.

»Ich begreife nicht, wie es möglich war, den Schlüssel dazu zu finden,« sagte er.

Littledale fühlte sich geschmeichelt. »Man sagt, daß jede Schrift, die das Menschenhirn erfindet, auch von einem Menschenhirn gelöst werden kann. Es soll im Britischen Museum Leute geben, die Schriften lesen können, die vor fünf- bis sechstausend Jahren von längst zu Staub gewordenen Händen geschrieben wurden. Lammans Code ist seine eigene Erfindung, deshalb war er so schwer herauszubringen. Mit dem Schlüssel ist es Kinderspiel. Kannst du jetzt alles lesen?«

»Vollkommen.«

»Auch schreiben? Versuch es und schreib morgen einen Brief nach dem Rezept. Tu es mir zum Gefallen. Es ist eine Laune von mir. Vielleicht,« fuhr er nachdenklich fort, »haben wir uns mal etwas mitzuteilen.«

»Das ist nicht sehr wahrscheinlich,« lachte Armitage. »Aber wenn es dir Spaß macht, will ich es tun.«

Littledale hatte seine helle Freude, als er am nächsten Morgen den Brief las. »Ja,« murmelte er, »ich denke, wenn die Zeit kommt, wird das seine Schuldigkeit tun.«

Er hatte für Armitage noch eine neue Überraschung, bevor sie völlig die Rollen tauschten.

»Mein Name ist gar nicht Littledale,« sagte er plötzlich.

»Nein?«

»Nein. Ich heiße Karl Thornton. Mein Vater ist in Wall Street gut bekannt als der ›alte Thorn‹. Hier ist meine Adresse, lerne sie auswendig, sieh, daß du sie morgen und übermorgen noch weißt, dann verbrenne das Papier. Und nun mußt du mir versprechen, mir einen großen Gefallen zu tun, wenn sich dir die Gelegenheit bietet.«

»Die wird sich kaum bieten.«

»Aber du versprichst es trotzdem?«

»Natürlich verspreche ich es.«

Einen Augenblick zögerte der Yankee, als wisse er nicht recht, in welche Worte er seinen Wunsch einkleiden solle. »Ich habe dir erzählt, daß mein Vater eines der großen Tiere in Wall Street ist; er hat mehr Geld als er verbrauchen kann und doch jobbert er für sein Leben gern ein bißchen.«

»Und du willst ihm von mir als abschreckendem Beispiel erzählen?«

»Das nicht. Aber der Sohn schlägt dem Vater nach.«

»Nun so spekuliere doch, du kannst es dir ja leisten.«

»Das will ich auch; und von dir möchte ich, daß du mir einen guten Tip sofort schickst, wenn er dir in die Hände fällt.«

»Mir? Du machst dich wohl über mich lustig?«

»Beim Himmel, nein! Du hältst das für unmöglich, ich halte es für sehr wahrscheinlich. Denk an dein Versprechen. Du hast gar keine Verantwortung, wir handeln ganz nach eigenem Ermessen, und wenn wir gewinnen, erhältst du die Hälfte des Gewinns.«

»Aber ich –«

»Ich weiß schon, du willst das Geld nicht nehmen,« unterbrach ihn der Freund. »Aber da nach deiner Ansicht auch nicht die geringste Aussicht für dich besteht, brauchen wir uns ja nicht um des Kaisers Bart zu streiten.«

»Na meinetwegen, ich nehme die Hälfte des ersten Sacks voll Gold, den du auffindest.«

»Den du uns aufzufinden hilfst,« verbesserte sein Freund lächelnd. »Der Handel gilt, vergiß es nicht.«

Sechstes Kapitel
Verloren und gefunden

Der Plan gelang vollkommen. Armitage brachte nach und nach seine Habseligkeiten in Thorntons Wohnung. Am letzten Abend nahmen die Freunde ein üppiges Abschiedsdiner im Savoyhotel ein, wo Thornton jetzt wohnte. Beide waren in großer Aufregung über das Abenteuer und sprachen bis tief in die Nacht miteinander. Armitage hatte das Gefühl, einen seltsamen Traum zu träumen, von dem er im nächsten Augenblick erwachen würde, aber Thornton spielte seine Rolle mit vollendetem Gleichmut. Am andern Morgen tauschten sie die Kleider. Thornton rasierte sich, nahm herzlichen Abschied von seinem Freund und fuhr fort, um den Zug nach Liverpool zu erreichen. Phil Armitage mit Schnurrbärtchen und kurzem Spitzbart blieb in der Verwandlung als Cyril Littledale zurück.

Armitage wunderte sich im stillen, weshalb der ruhelose Yankee, der gewöhnlich seinen Zug im allerletzten Moment erreichte, sich heute so viel Zeit genommen hatte. Thornton war seinen Fragen ausgewichen und hatte von notwendigen Abschiedsbesuchen gesprochen, und niemals kam Phil eine Ahnung von dem übermütigen Streich, den der unverwüstliche Yankee vorhatte.

Als der Hansom um die Ecke bog, klopfte Thornton mit dem Griff seines Regenschirms gegen die Klappe, und als in dieser ein breites, rotes Gesicht erschien, gab er Aby Lammans Adresse an.

Mit großer Wärme empfing der sehr überraschte Aby seinen lieben Freund, und Armitages zweites Selbst gab ihm nichts nach an Herzlichkeit.

Es stellte sich nun heraus, daß Lamman fast das Herz gebrochen war aus Verzweiflung über des Freundes Verschwinden. »Ich fürchtete schon,« sagte er – »ich will lieber gar nicht sagen, was ich mitunter fürchtete. Nachts konnte ich nicht schlafen aus Sorge um dich. Mich quälte immer der Gedanke, daß ich es doch schließlich war, der dir diese Grube gegraben, wenn auch in bester Absicht, und ich fühle mich verpflichtet, dir herauszuhelfen. Sage mir bitte, ob ich irgend etwas für dich tun kann. Die dumme Sache hat mich ja allerdings selbst recht hart getroffen, aber –«

Der andre schnitt ihm die Rede ab mit der Erklärung, daß er noch am selben Nachmittag nach New York abreisen wolle.

Lamman tat erstaunt und entsetzt; er meinte wieder und wieder, es sei doch zu hart, das alte Leben und die alten Beziehungen so gänzlich aufzugeben; er versuchte ihm den Gedanken auszureden und wurde um so eifriger, je fester entschlossen er den falschen Armitage fand. Schließlich sah er ein, daß es so wohl am besten sei, und bot dem Freunde großmütig ein Darlehen an, das aber dankend abgelehnt wurde.

»Weißt du,« rief er plötzlich liebenswürdig, »ich hätte die größte Lust, die Bude hier zuzumachen und dich nach Liverpool zu begleiten. Und ich tue es wirklich.«

Die beiden reisten zusammen zweiter Klasse, denn die jetzigen Verhältnisse des armen Armitage erlaubten nicht den Luxus der ersten. Sie aßen zusammen, aber Armitage bestand darauf, seinen Anteil zu bezahlen. Lamman ging mit an Bord und schwatzte mit ihm, bis das mächtige Schiff von der Kaimauer losmachte, und nicht einen Moment zweifelte er, daß er dem wahren Armitage Lebewohl gesagt habe.

Thornton führte seine Rolle bis zu Ende durch, winkte ihm, an die Reeling gelehnt, noch Abschiedsgrüße zu und belohnte sich dann im Rauchsalon durch einen guten Trunk für diese Leistung. »Wenn Armitage ebenso gut durchhält, so müssen wir siegen.«

Armitage wurde inzwischen auf dem Telegraphenbureau mit einem Jubel empfangen, der ihn zugleich überraschte und erfreute. Er fand bald heraus, daß er hier ein besonderer Liebling war. Sein Stellvertreter war ein mürrischer, ungeschliffener Mensch, und sowohl der Postmeister als seine Tochter waren hoch erfreut, den immer gut gelaunten Yankee wieder zu haben. Des jungen Mädchens Willkomm schien Armitage sogar, in Anbetracht der fernen Irene, ein wenig reichlich herzlich.

Merkwürdig rasch wird ein neues Leben zur Gewohnheit und läuft dann wie ein Rad im Uhrwerk glatt und gleichmäßig dahin. Nach acht Tagen war Armitage völlig vertraut mit seinen neuen Pflichten, und nach einem Monat war ihm diese Tätigkeit zur zweiten Natur geworden. Seine Arbeit war leicht, sein Zimmer hatte er ganz für sich, und es gab Stunden, wo er, völlig ungestört durch abgesandte oder hereinkommende Telegramme, lesen konnte. Als unabhängiger Mann, als er noch völlig frei über seine Zeit verfügte, hatte er kaum hin und wieder mal eine Stunde Zeit gefunden zu ernster Lektüre. Als Telegraphenbeamter las er durchschnittlich vier bis fünf Stunden am Tag. Anfangs hatte die ungewohnte, gleichmäßige Arbeit, wie ein narkotisches Mittel, die bittere Verzweiflung über seine unglückliche Liebe eingelullt, aber nach einiger Zeit hörte diese Wirkung auf, wie ja auch die betäubenden Mittel durch steten Gebrauch ihre Kraft verlieren, und in ihm erwachten Liebe und Sehnsucht mit schneidendem Schmerz, gerade wie ein Kranker aus tiefem, betäubendem Schlaf zur alten Qual erwacht. Vor Wochen schon hatte er von dem plötzlichen Tode des alten Lee gelesen, mit tiefstem Mitleid für die Tochter, doch ohne Hoffnung für sich selbst. Er widerstand damals der Versuchung, zu ihr zu gehen oder ihr zu schreiben, denn er wollte den Vorwurf ihres Vaters, als Bettler ihre Hand zu begehren, nicht rechtfertigen, fühlte er doch, daß er, sobald er in ihre liebevollen, vorwurfsvollen Augen blickte, schwach werden würde. Aber der Gedanke an die Geliebte quälte ihn von Tag zu Tag mehr, störte ihn in seiner Arbeit, machte ihn ruhelos und raubte ihm den Schlaf.

Ohne Interesse schlug er eines Tages seine Lieblingszeitschrift auf. Mit leisem Erbeben, in das sich die seltsamsten Gefühle mischten, fand er auf dem Titelblatt, wo er noch nie eine Anzeige gesehen, folgende Ankündigung:

Gefunden. »Kleines goldenes Medaillon mit Buchstaben P. A., enthaltend Damenporträt. Gute Belohnung erwartet. Persönliche Anfrage erbeten.«

Sein Medaillon mit ihrem Bild! Diese Anzeige rief ihm den Tag ins Gedächtnis, an dem er es verloren hatte, den Tag, an dem er ihr seine Liebe gestand. Jahre schienen seitdem vergangen. Häufig hatte er das kleine Ding vermißt, und die Hoffnung, es wieder zu erhalten, erfüllte ihn mit großer Freude.

Seit seiner Ankunft hatte er dem jungen Mädchen, das sein amerikanischer Freund so sehr gelobt hatte, das Telegraphieren beigebracht, und sie freute sich stets, wenn sie seinen Platz an dem Apparat einnehmen durfte. Fünf Minuten, nachdem er die Anzeige gefunden, fuhr er in einem Hansom so rasch wie möglich nach Queen Anne Mansions, der in der Anzeige angegebenen Adresse.

Während er unterwegs ist, wollen wir untersuchen, wie die Annonce auf das Titelblatt der Zeitschrift kam, und müssen dazu um vierzehn Tage in unsrer Geschichte zurückgreifen.

Zwei junge Mädchen sitzen in einem reizend ausgestatteten Salon, dessen Hauptfarbe ein prachtvolles, sehr gut zu Gesicht stehendes Rosa ist.

Norma Lee lehnt müde in einem der tiefen Sessel und tut, als ob sie in eine wundervolle Shakespeareausgabe vertieft sei. Das Buch ist bei Romeo und Julia aufgeschlagen; im Theater hatte sie das Stück einmal zu Tränen gerührt, aber die kalten schwarzen Buchstaben vermochten sie nicht zu rühren wie die lebende menschliche Stimme, und allmählich hatte sie Julias Liebeskummer über ihrem eigenen vergessen.

Das andre Mädchen, blond und blauäugig, war in allem der schärfste Gegensatz zu der dunkeläugigen Schönheit. Obwohl älter, sah sie doch jünger aus mit ihrer schlanken, biegsamen Figur, die durch eifrig betriebenen Sport gestählt war. Ein anschließendes Kleid hob die vollkommene Gestalt. Niemand hätte in diesem zierlichen Geschöpf die berühmte Geheimpolizistin Dora Myrl gesucht, deren feiner, scharfer Verstand die geriebensten Verbrecher gemeistert, und deren kaltblütiger Mut den grausigsten Gefahren Trotz geboten hatte. Frisch und fröhlich wie ein Vögelchen an einem sonnigen Frühlingsmorgen, war sie ebenso lebendig und auf dem Posten, wie ihre Freundin mutlos und verzagt. Sie schrieb eifrig mit einer Füllfeder, brauchte aber kein Löschblatt, sondern ließ die Tinte auf dem Papier eintrocknen. In dem Zimmer herrschte Totenstille, bis sie ihre letzte Seite beendet und die beschriebenen Blätter in einen festen Umschlag gesteckt hatte, den sie sorgfältig siegelte, wobei sie ihr Petschaft mit einer

Sphinx benutzte. Dann drehte sie sich in ihrem Schreibtischstuhl herum. »Träumst du noch immer, Norma?«

»Wie kannst du mich so etwas fragen, Dora?«

»Also sagen wir, grämst du dich noch immer, wenn dir das besser gefällt?«

»Habe ich dazu nicht genügend Grund? Der plötzliche Tod meines Vaters und —«

»Und was noch?«

»Wie kannst du nur so häßlich sein. Ich stehe nun mutterseelenallein, ist das nicht traurig genug?«

Im nächsten Augenblick saß Dora Myrl auf der Lehne des Sessels. »Rechnest du mich für gar nichts? Laß nur, vergeude deine Küsse nicht an mich, ich bin nicht eifersüchtig und weiß recht gut, daß du von mir so viel hältst, wie du unter den gegebenen Verhältnissen von einem weiblichen Wesen halten kannst. Warum bist du nicht aufrichtig, kleine Heuchlerin? Du trauerst um deinen Vater, aber ebenso sehr um jemand anders.«

»Oh! Dora,« rief Norma, »glaubst du, daß ich ihn jemals wiedersehen werde?«

»Natürlich, wenn du nur willst.«

»Ach, Liebste, ich wußte wohl, daß du mir helfen würdest.«

»Weshalb hast du mich denn nicht um meine Hilfe gebeten?«

»Ich schämte mich ein wenig.«

»Schämen,« rief Dora empört, »ein Mädchen braucht sich ihrer Liebe nie zu schämen, wenn der Mann ihrer würdig ist, und davon ist man doch immer überzeugt, wenn man verliebt ist.«

»Hast du dich je verliebt, Dora?« fragte Norma, überrascht durch die plötzliche Wärme im Ton dieser selbstsicheren kleinen Person.

»Niemals, leider! Ich glaube, ich habe kein Herz. Im ganzen habe ich die Männer lieber, als meine Geschlechtsgenossinnen; ich lache und scherze gern mit jungen Leuten und amüsiere mich mit ihnen. Liebe Freunde sagen von mir, daß ich entsetzlich flirte; das tue ich in Wahrheit aber gar nicht, wenn mit Flirten gemeint ist, daß man glauben macht, man sei in einen Mann verliebt. Ich habe kein leichtes Leben, Norma, trotz meinen Erfolgen und freudigen Stunden. Und wenn ich mich recht einsam fühle, dann möchte ich mich wohl verlieben, so wie man es immer in Gedichten und Romanen findet, und zuweilen wohl auch mal im wirklichen Leben — so wie du zum Beispiel, Norma. Ich möchte einen Mann ganz zu eigen haben und — weshalb soll ich es nicht eingestehen – auch Kinder; dann möchte ich gern so echt weiblich sein wie du, Norma. Du weißt gar nicht, wie sehr ich dich manchmal beneide.«

»Ich bin doch wahrlich nicht zu beneiden, eher zu bemitleiden. Er ist ganz aus meinem Leben geschwunden und vielleicht schon lange tot.«

»Er ist nicht tot,« erwiderte die andre munter mit ihrer alten frischen Lebhaftigkeit, »und er liebt dich, wie du ihn liebst, das ist die Hauptsache.«

»Was nützt das, wenn ich ihn nicht finden kann?«

»O, wir werden ihn schon finden.«

»Aber wie?«

»Du weißt doch, wie man Polizeihunde auf eines Menschen Spur setzt? Man gibt ihnen etwas, was der Betreffende an sich trug. Nun mußt du dir in mir solch einen Polizeihund vorstellen.«

»Du kommst mir viel eher wie ein Schoßhündchen vor.«

»Seien Sie nicht unverschämt, mein Fräulein! Du trägst ein Medaillon um den Hals, das diesem jungen Mann gehörte.«

»Dora, woher weißt du, daß es ihm gehörte?«

»Weil dein Bild darin ist. Mädchen tragen ihr eigenes Bild nicht ohne Grund unter der Taille auf der Brust. Norma, dies Medaillon wollen wir als Lockspeise benutzen; wir wollen es annoncieren.«

»Das nützt nichts, er liest wenig Zeitungen und erst recht keine Annoncen.«

»Wie heißt seine Lieblingszeitschrift?«

»Auch darin sieht er nie die Anzeigen an.«

»Na, wir setzen es eben dahin, wo er es sehen muß, auf das Titelblatt.«

»Ist das möglich?«

»Natürlich, Schäfchen. Ich kenne die Leute und glaube, daß sie es wohl für mich tun werden, sonst tun sie es jedenfalls für Geld. Laß mich nur den Köder in die Falle hängen für dein scheues Vögelchen.«

Schon nach einer Woche ging Philip Armitage in die Falle. Er trat in Dora Myrls Salon und wurde von diesem munteren Menschenkind empfangen.

»Ihr Medaillon?« sagte sie auf seine eifrige Frage, »o, ich denke wohl, daß es das Ihrige sein wird. Das Bild ist darin, sagen Sie? Ja, das stimmt! Und ein recht hübsches Mädchen sogar,« setzte sie mit einem schnellen Seitenblick und einem spitzbübischen Lächeln hinzu.

»Diese Frage möchte ich hier nicht erörtern,« wehrte Armitage steif ab. »Wenn Sie die Freundlichkeit haben wollen, mir das Medaillon zurück zu geben, so bin ich gern bereit, eine entsprechende Belohnung zu zahlen.«

»Ich habe das Medaillon nicht gefunden,« erwiderte sie lachend. »Ich verlange keine Belohnung, glaube auch, daß Sie sie der Finderin viel lieber werden zukommen lassen; freilich besteht sie auf voller Bezahlung.«

Armitage vernahm einen zornigen Ausruf hinter sich und sah, als er sich umwandte, ein junges Mädchen aus ihrem Stuhl hinter einem japanischen Wandschirm aufspringen. Norma Lee kam mit ernstem Gesicht auf ihn zu. »Kümmern Sie sich nicht um das übermütige Geschöpf, Mr. Armitage,« rief sie. »Hier ist das Medaillon; ich freue mich, daß Sie es wieder haben möchten.«

»Die Belohnung,« rief Dora, »vergeßt die Belohnung nicht!« und verließ rasch das Zimmer.

Siebentes Kapitel
Die Vergeltung

Philip Armitages Leben war jetzt nicht mehr eintönig, es war aufregend, entzückend und sehr gefährlich.

Norma war sehr lieb, vielleicht noch herzlicher als in früheren Tagen, und die Veränderung seiner Vermögenslage war ihr überaus gleichgültig. Dora Myrl bemitleidete und neckte ihn abwechselnd, führte ihn täglich irgendwie in Versuchung und erprobte seine Selbstbeherrschung durch tausend schlaue Winkelzüge. Sie wurde von dieser Liebesgeschichte, die sich vor ihren Augen abspielte, völlig in Anspruch genommen und war überzeugt, wie sie ihrer Freundin versicherte, daß alles zum glücklichen Ende führen würde.

All seine freie Zeit verbrachte Phil in der Wohnung, begleitete die beiden Mädchen zuweilen ins Theater, wenn er sich so viel abgespart hatte, um es sich erlauben zu können. Er hatte jetzt wirklich eine herrliche Zeit. Aber selbst in den wonnigsten Liebesstunden, wenn Normas Augen strahlten und ihre Stimme ganz gedämpft klang, wußte er sich im Zaum zu halten und vergaß nicht, daß ein Telegraphenbeamter, der überdies seine Stellung einer List verdankte und jeden Moment mit Schimpf und Schande fortgejagt werden konnte, als Freier für die schöne Erbin nicht in Betracht kam. Ihr Vater hatte ihn Mitgiftjäger genannt, und er hatte es sich geschworen, daß die Schmähung des Verstorbenen niemals eine gewisse Berechtigung erlangen sollte. Er konnte die Versuchung nicht meiden, aber er wollte ihr auch nicht erliegen; Norma fern zu bleiben, erschien ihm unmöglich. Aber schon nach kurzer Zeit mußte er für seine Schwäche büßen. Ihre Schönheit und Holdseligkeit erfüllte ihn mit brennender Sehnsucht, er litt Tantalusqualen.

Die scharfsinnige kleine Dora Myrl lachte innerlich und war fest überzeugt, daß die Liebe schließlich den Stolz besiegen würde, aber Norma war oft schwer beunruhigt durch die wechselnde Zärtlichkeit und Kälte des Mannes, den sie liebte.

Dieser Kampf blieb nicht ohne Einfluß auf Armitages Geist und Gemüt. Er begann, seine Besuche bei den Mädchen einzuschränken und weniger und weniger die Dienste seiner bereitwilligen kleinen Helferin in Anspruch zu nehmen, die bald auf den Gedanken kam, daß er verliebt und gegen früher recht verändert sei.

Um diese Zeit ereignete sich etwas, das seine liebeskranken Gedanken ernsteren Dingen zuwendete. Als er in seinem Zimmer arbeitete, hörte er Lammans wohlbekannte Stimme in dem großen Bureau.

Mit seinem gewohnten jovialen Humor erzählte der große Mann dem jungen Mädchen, daß er sich etwas Ferienzeit gegönnt habe, nun aber doppelt arbeiten müsse, sonst lange es bei ihm nicht mehr zur Butter aufs Brot. Das übermütige laute Sprechen und Lachen erweckte in Armitage eine wahnsinnige Wut; mit einem Schlage erwachte die Erinnerung, wie schlau und gerissen der andre ihn unter dem Deckmantel aufrichtiger Freundschaft nicht nur um sein Geld, sondern auch um seine Hoffnungen betrogen hatte.

Nur mit Mühe zwang er sich zur Ruhe, preßte die Hände krampfhaft um die Seitenlehnen seines Stuhles und biß die Zähne fest aufeinander, bis er Lamman vertraulich sagen hörte: »Adieu, holde kleine Fee, lassen Sie dies bitte gleich expedieren.«

»Wie nett und lustig dieser Mr. Lamman ist,« sagte das junge Mädchen einen Augenblick später, als sie zu ihm ins Zimmer trat. Als Antwort knurrte er irgendwas, so daß sie ihn besorgt fragte, ob er krank sei. Er verneinte lächelnd und nahm ihr das Telegramm ab.

Diesmal war es nur eine private Mitteilung. Aber nun kamen Lammans Depeschen regelmäßig, immer von ihm persönlich abgegeben. Gewohnheit tut viel. Armitage brauchte sich bald nicht mehr mit aller Kraft zu bezwingen, wenn er die laute Stimme vernahm, obwohl immer noch ein siedender Zorn in ihm aufkochte. Die Depeschen brachten etwas Abwechslung in die monotone Arbeit, denn er machte sich den Spaß, sie mittels des Code zu entziffern, den er von Littledale erhalten hatte.

Eines Morgens kam Lamman in das Bureau, nicht wie sonst sorglos und zu Scherzen aufgelegt, sondern ernst und geschäftsmäßig. Auch schrieb er nicht wie gewöhnlich ein Formular aus, sondern brachte seine Depesche fertig geschrieben mit. »Ich möchte dies sofort abgeschickt haben,« sagte er mit scharfem Ton.

Armitage fiel die unterdrückte Erregung und der leise Triumph in seiner Stimme auf, und er brannte vor Neugier auf den Inhalt dieses Telegrammes.

Er brauchte nicht lange zu warten. »Von ihrem speziellen Freund, Mr. Lamman,« sagte das junge Mädchen, das mit weiblichem Scharfsinn seinen Haß erraten hatte und sich einbildete, er sei der Eifersucht auf ihr hübsches kleines Persönchen entsprungen. »Dringend.«

Hastig griff Armitage nach dem Papier und entzifferte es mit Leichtigkeit. Die Adresse war dieselbe wie auf jenem unvergeßlichen Telegramm »Broadway, New York.«

»Marconis kaufen,« hieß es da, »kaufen, kaufen und weiter kaufen.«

Armitage glättete das Papier, seine Finger berührten schon den Apparat, um die Botschaft abzuschicken, als ihn ein Gedanke blitzartig durchzuckte.

Plötzlich war es ihm klar, warum ihm Littledale gerade diesen Posten übermittelt, warum er ihn in Lammans Code eingeweiht, und warum er ihm das Versprechen abgenommen hatte, seiner Firma den ersten guten Tip zu telegraphieren.

Sofort war auch sein Entschluß gefaßt, dies war der erwartete Tip und sollte sogleich an den Freund gesandt werden. Nicht der leiseste Gewissensbiß quälte ihn, er wollte Abraham Lamman vergelten, was er ihm angetan.

So schnell seine Hände nur arbeiten wollten, tippte er die Geheimbotschaft an Lammans Agenten in New York: »Marconis verkaufen, verkaufen und weiter verkaufen.«

Dann schickte er an Thorntons Sohn Lammans richtige Botschaft, »kaufen, kaufen und weiter kaufen«.

Als er fertig war, riß er das Papier in kleine Stücke und warf sie ins Feuer. Wilder Triumph und die Erregung über das Abenteuer durchglühte seine Adern, als er sich den Weg der beiden Telegramme durch Stadt und Land und die unendlichen Meilen tiefster Finsternis unter dem Ozean ausmalte, die die Geldleute in New York bis zur Tollheit erregen sollten.

Noch während er schrieb, überlegte er, was nun zu tun sei. Er hatte die Schiffe hinter sich verbrannt. Der nächste Tag schon würde Nachfrage, Entdeckung und Überführung bringen. Das Vorgefühl von Lammans grenzenlosem Staunen und seiner namenlosen Wut erregte ihm heiße Freude. Er aber wollte nicht mehr zugegen sein, wenn die Bombe platzte.

Ohne besonderes Nachdenken schienen seine Pläne sich aus seiner Erregung von selbst zu ergeben.

»Jane,« wandte er sich an das junge Mädchen, »würden Sie wohl für mich einspringen? Ich habe eine dringende Verabredung.«

»Mit Vergnügen,« antwortete sie munter. Dann als sie in sein Gesicht blickte, sagte sie: »O, Mr. Littledale, Sie sind doch nicht krank? Sie sehen so blaß aus.«

»Nie im Leben ging es mir besser, Jane.«

»Das sieht man Ihnen nicht an. Sie sehen aus, als brauchten Sie dringend eine Veränderung.«

»Auf die hoffe ich auch, Jane, eine völlige Veränderung. Für jetzt adieu und haben Sie tausend Dank, daß Sie so gut zu mir sind.«

Plötzlich beugte er sich über sie und küßte sie. Überrascht lachend und errötend gab sie ihm eine zärtliche Ohrfeige und sagte ihm, er solle machen, daß er hinaus komme.

An der Ecke nahm er sich einen Hansom und fuhr in seine Wohnung, wo er, immer drei Stufen auf einmal, die Treppe hinaufsprang.

Er verschloß seine Tür, holte das Rasierbesteck hervor und rasierte sich glatt. Dann packte er seine eigenen Sachen in einen Handkoffer und ließ alles, was Thornton gehört hatte, zurück. An seinem leichten Überzieher schlug er den Kragen bis ans Kinn herauf, schleppte seinen Koffer die Treppe hinunter und pfiff nach einer Droschke.

»Nach Euston,« sagte er im Einsteigen und verbarg sein Gesicht so viel wie möglich.

Am Bahnhof gab er dem Kutscher den doppelten Fahrlohn, worauf dieser eilig davon rasselte.

»Wohin, Herr?« fragte der Gepäckträger, der seinen Koffer ergriffen hatte.

»Nirgends. Ich warte auf einen Freund, der vielleicht nicht kommen wird.«

Der Gepäckträger griff grinsend an die Mütze; er konnte sich die Geschichte schon zusammenreimen; der aufgeschlagene Kragen und die Eile, den Kutscher loszuwerden, sagten genug. Damen waren ja manchmal unberechenbar, dachte er bei sich und eilte davon, um weiteres Geld zu verdienen. Als der nächste Zug herein war, rief Armitage einen Hansom, stieg ein und verlor sich in der Menge. Littledale, der Telegraphenbeamte, war verschwunden und hatte keine Spur hinterlassen, dagegen tauchte Armitage aus dem Nichts heraus und fuhr nach dem Ganymedklub.

»Kann ich ein Zimmer haben, John?« fragte er den Portier.

»Ich glaube wohl. Freut mich, daß Sie wieder da sind, Mr. Armitage. Ich will gleich mal nachfragen.«

Ja, er hatte Glück, es war gerade ein Zimmer frei. Er freute sich, zu den alten vertrauten Räumen, Gewohnheiten und Gefährten zurückzukehren, wieder er selbst zu sein, wenn auch nur auf kurze Zeit. Er nahm sein Frühstück in dem Grillroom ein, tadellos serviert und vorzüglich zubereitet. Während er noch behaglich bei Käse und Sellerie saß, kam ein jüdisch aussehender Fondsmakler, den er oberflächlich kannte, eilig in den Speisesaal.

»Hallo, Armitage,« rief dieser ihn an, »sind Sie das? Haben Sie Karnigey irgendwo gesehen?«

»Was gibt es denn?«

»Der Teufel ist los, jedenfalls drüben überm großen Teich.« Diese Worte erweckten in Armitage die Erinnerung an die beiden Telegramme, die, wie er vermutete, drüben wohl die Aufregung zustande gebracht hatten.

»Was ist denn los?« fragte er mit schnell erwachtem Interesse.

»Ach, in Wall Street herrscht ein ungeheurer Sturm, von dem wir hier auch die Ausläufer kriegen. Hallo, da ist Karnigey, nun muß ich fort. Im Rauchzimmer erfahren Sie alles Neue, Armitage,« rief er noch im Davoneilen.

Armitage eilte in den im Keller gelegenen Rauchsalon und riß im Vorbeigehen rasch eine Zeitung von einem Tisch. Unten fand er eine aufgeregte Menge, die mit Spannung die neuesten Berichte über den rasenden Kampf der tollgewordenen Finanz, Tausende von Meilen weit entfernt, erwartete.

Aus den Spalten seiner Zeitung und den Reden um ihn herum vermochte sich Armitage die Hauptmomente schnell zusammenzustellen.

Früh am Morgen war ein Blitz herniedergezuckt aus blauem Himmel. In einer ruhigen Zeit und ohne Veranlassung begann ein wahnsinniger Angriff auf Marconis Drahtlose, bei dem die Standard Oil Gesellschaft im Vordergrund stand. Kein noch so sicheres Unternehmen hält solch einem Angriff stand. Die Marconi-Preise fielen rapid und wurden von den Maklern wie in einer Panik weiter und weiter hinuntergetrieben. Auch die Aktionäre wurden von dem allgemeinen Schrecken ergriffen. Plötzlich sprang aber ein einzelner in die Bresche. William G. Thornton trotzte unerschrocken dem ihn umbrandenden Sturm. In einem Atem nahm er ein halbes Dutzend Angebote von der schreienden Menge an. Sein »Gilt, gilt, gilt, gilt!«kam scharf und flink wie aus der Pistole geschossen. Hierauf trat eine kurze Pause ein, dann warfen sich die Standard Oil-Leute auf ihn. Er wich nicht einen Zoll, während ganze Packen Anteilscheine ihm zugeworfen wurden.

Als Armitage das Rauchzimmer betrat, war die Aufregung auf ihrem Höhepunkt; alle umdrängten den kleinen Telegraphenapparat, der unentwegt seine wilden Neuigkeiten abrollte. In diesem Kampfspiel handelte es sich um Millionen. Mit Armitages Eintritt schien der Konflikt in eine neue Phase zu treten. Der ungeheure Angriff der Standard Oil Company, der alles niederzureißen drohte, war aufgehalten. Langsam fingen sie an, sich zurückzuziehen vor des »alten Thorn« unbarmherzigem Druck auf die Preise. Das Telegraphenband zeigte steigende Preise. Wunderbare Gerüchte tauchten auf von neuen Patenten, viel großartiger noch als die früheren, die den Wert der Aktien verdoppelten.

Es kam zu einem plötzlichen Stillstand, und als sich die Baissiers zurückzogen, drängten die Haussespekulanten herbei. Stetig stiegen die Aktien, schneller und schneller, die Verluste des Tages wurden ausgeglichen, Pari erreicht und überschritten, die Preise immer mehr in die Höhe getrieben in rasender Aufregung und ohne Gegendruck. Zum Schluß hatten die Fünfdollaraktien eine Prämie von zehn Dollars erreicht. Es gab nur noch Käufer und keine Verkäufer mehr, als die schreiende, wahnsinnig erregte Menge auf die Straße drängte.

So war die große eintägige Finanzschlacht – die wütendste und grimmigste, die Wall Street je erlebt – ausgefochten und gewonnen, und Vermögen von Millionen waren in ein paar rasenden Stunden verloren oder erworben.

Es kam auch kein Rückschlag. Am nächsten Tag bestätigte sich das Gerücht von einem neuen Patent, welches drahtlose Telegraphie auf jede Entfernung sicherer und leichter machte als die Kabel, so daß die Aktien auf zwanzig Dollars stiegen, wo sie eine feste Notierung erreichten.

Armitage konnte weder essen noch schlafen, ihm schwindelte vor Aufregung und übermäßiger Freude. Er hatte ja den Sturm erregt, der auf zwei Kontinenten die Geldmärkte erschütterte. Er wußte, daß sein Freund gewonnen und sein Feind verloren hatte, aus seiner Hand waren Sieg und Niederlage hervorgegangen. Fiebernd vor Erregung erwartete er Nachricht von drüben und brauchte auch gar nicht sehr lange zu warten. Einer der Pikkolos kam, »Mr. Armitage, Mr. Armitage!« rufend durch die Räume des Klubs, »ja, ja, für Sie, Herr, gerade angekommen.«

Armitage nahm die Depesche aus des Knaben Hand. Sie enthielt nur zwei Worte: »Habe geschrieben.«

Augenscheinlich wollte der junge Thornton sich dem Telegraphenamt, wo die Botschaften gebucht werden, nicht anvertrauen, die Post war sicherer. So mußte er denn warten. Die leise Warnung vor Gefahr, die aus der Kürze der Botschaft sprach, ließ Armitage unbeachtet. Er hatte seine Vorsichtsmaßregeln getroffen, so daß eine Entdeckung ausgeschlossen war. Seine Freude wurde nicht durch den leisesten Gewissensbiß getrübt, er empfand ungeheuchelten Triumph, daß er Lamman mit seinen eigenen Waffen geschlagen hatte, und war bereit, seinen Anteil der Beute mit voller Gemütsruhe entgegenzunehmen.

Achtes Kapitel
Der Angriff

Aby Lamman war schwer getroffen, sein Verlust belief sich auf mindestens eine halbe Million
Pfund, dazu kam der Verlust der halben Million, die er hätte machen müssen, wenn sein Auftrag
befolgt worden wäre. Vor allem aber war sein Kredit bei der Standard Oil-Gruppe erschüttert,
die sich auf seinen Rat mit dem Vertrauen jahrelangen Erfolgs in den Kampf gestürzt hatte.
Es folgte ein wütender Austausch telegraphischer Anklagen von beiden Seiten und mit recht
starken Worten wurde es Lamman klargemacht, daß der Irrtum oder die Täuschung, als was
es sich nun auch herausstellen möge, nicht in New York zustande gekommen sei. Als er auf
das Telegraphenamt ging und dort erfuhr, daß der Beamte etwa eine halbe Stunde, nachdem
er sein Telegramm aufgegeben, verschwunden sei, wurde sein Argwohn wach; und als er in
der Wohnung hörte, daß Littledale am selben Abend mit seinem Handkoffer fortgefahren sei,
wurde sein Verdacht zur Gewißheit. Der gewitzigte Mann erkannte den schlauen Plan, dessen Opfer er geworden und mußte widerstrebend der Erkenntnis Raum geben, daß sein fein
erdachter Geheimcode, auf den er sehr stolz war, von einem andern entziffert worden sei. In
überschäumender Wut raste er durch die Straßen. Das Geld war sein Götze, und nun war er
einer solchen Summe beraubt; außerdem war er stolz auf seine Pfiffigkeit, und hier hatte ihn
jemand zum Narren gehabt. Den Kerl hätte er erwürgen können.

Als sein namenloser Ärger sich in unterdrückten Ausrufen Luft machen konnte, begann er
seine Gedanken auf die Auffindung dieses Beamten zu richten, denn wenn er diesen Menschen
auch nicht durch seine bloßen Wünsche vernichten konnte, so würde es ihm vielleicht gelingen,
ihn ins Zuchthaus zu bringen. Er griff nach seinem Telephonhörer und klingelte. »Ja, bitte,
verbinden Sie mich mit Herrn Beck, Mondstraße. Ja, Herrn Paul Beck. Ja, ja, danke.« Dann
nach einer Pause: »Sind Sie selbst da, Herr Beck? Hier Aby Lamman; Sie erinnern sich meiner?
Ja, ganz recht, das war der Fall, den ich meine. Nein, ich habe jetzt etwas andres, was ich in
Ihre Hände legen möchte. Ja, sehr wichtig, Geld spielt keine Rolle. Können Sie es einrichten,
gleich zu mir ins Kontor zu kommen? Ja, gleich! Vielen Dank! Ich warte, bis Sie kommen.«

Nach einer knappen halben Stunde schon öffnete sich auf Lammans scharfes »Herein!« leise
die Tür und ließ Herrn Paul Beck eintreten. Er war ein starker Mann, der denen schwerfällig
erschien, die nicht wußten, daß an ihm alles Knochen und Muskeln war, ohne eine Spur über-
flüssigen Fettes. Das freundliche Gesicht, die ehrlichen Augen und der wohlwollende Mund,
dessen Winkel sich leicht senkten, sprachen für einen wohltätigen Geistlichen, bei dem das
Mitleid bei weitem seine Mittel überschritt; alles vermutete man eher in ihm als den entschlossenen, scharfsinnigen und so überaus erfolgreichen Detektiv.

Mit besonderer Wärme empfing Lamman seinen Besuch. »Setzen Sie sich, bitte, Herr Beck.
Auf dem Tisch finden Sie Whisky und Soda. Hier sind ein paar anständige Zigarren. Ich möchte
Sie erst in guter Stimmung haben, ehe ich mit meiner Geschichte beginne.«

»Ich bin immer in guter Stimmung,« sagte Herr Beck, »wenigstens fast immer.«

»Eine längere Rede anzuhören, ist ein langweiliges Geschäft. Je behaglicher Sie sich fühlen,
desto geduldiger werden Sie sein.«

Darauf begann Lamman seine Geschichte zu erzählen, während Beck völlig unbewegt seine
Zigarre rauchte und dann und wann an seinem Whisky nippte.

»Sie sind fest überzeugt, daß die Nachricht hier geändert wurde?« fragte er, als Lamman
geendet hatte. »Die Sache war wohlüberlegt, wer es nun auch gewesen sein mag.«

»Ganz überzeugt. Meine Freunde haben die Echtheit der in New York eingegangenen Depesche geprüft. Überdies ist die Flucht des Beamten Littledale ein schlagender Beweis.«

»Allerdings stark verdächtig.«

»Für mich schlagend,« rief Lamman, »ich zahle Ihnen tausend Pfund auf den Tisch, wenn
Sie ihn fangen.«

»Ich will es versuchen. Es müßte ja ein leichtes Ding sein, wenn nichts weiter dahinter steckte,
ich wittere aber Komplikationen, denn ich glaube nicht, daß irgendein Telegraphenbeamter so

etwas allein auf seine Kappe nehmen würde. Kann ich Sie übermorgen zur selben Stunde hier antreffen? Wenn mein Glück mir treu ist, müßte ich Ihnen nach zwei Tagen schon etwas zu berichten haben.«

Er leerte sein Glas und zündete sich noch eine Zigarre an. Lammans Zigarren waren vorzüglich, und niemand wußte etwas Gutes besser zu würdigen als Herr Paul Beck.

Pünktlich auf die Minute betrat er zwei Tage später wieder das Kontor.

»Nun?« rief Lamman erregt, denn er sah sofort, daß der Detektiv Neuigkeiten für ihn hatte. Herr Beck nahm sich eine Zigarre aus der offenen Kiste und zündete sie mit feierlicher Umständlichkeit an.

»Ja,« sagte er dann gelassen, »der Streich wurde Ihnen nicht von dem Beamten Littledale gespielt. Ich neige überhaupt zu der Ansicht, daß eine Persönlichkeit Littledale gar nicht existiert.«

»Sie haben aber den wahren Schuldigen ausfindig gemacht?«

»Ja,« erwiderte Herr Beck langsam zwischen zwei behaglichen Zügen an seiner Zigarre, »ich glaube es, möchte fast sagen, ich bin davon überzeugt.«

»Und Sie können ihn ergreifen lassen?«

»Sicher, zu jeder Zeit.«

»Dann haben Sie Ihren Scheck verdient. Fünfhundert Pfund an einem Tag, das ist selbst für Sie kein schlechtes Geschäft.«

»Nur Ruhe, Herr Lamman, Sie haben es zu eilig. Meinen Scheck muß ich mir erst noch verdienen. Wissen und beweisen sind zwei sehr verschiedene Dinge, und ich habe gegen unsern Mann auch nicht den Schatten eines Beweises.«

»Aber wieso in des Teufels Namen –« begann Lamman in etwas unverschämtem Ton.

»Ich seiner gewiß bin?« fragte Beck ruhig, indem er den Satz beendete. »Das ist allerdings eine schwierige Frage. Vielleicht wäre es die beste Antwort, wenn ich Ihnen alles erzähle. – Diese Zigarre ist wirklich erstklassig. Ja, danke, ein halbes Glas; eigentlich trinke ich nie etwas vor dem Essen. – Also, meine erste Aufgabe war, die Spur des Mannes zu finden, der sich an Ihrem Telegramm vergriffen hat.«

»Aber ich dachte, Sie sagten –«

»Bitte, lassen Sie alles Denken aus dem Spiel,« sagte Beck kurz, »wenn Sie mich zu Ende gehört haben, werden Sie wissen, was zu denken ist. – Ich ging von hier direkt nach dem Telegraphenamt, sagte dort, der junge Mann sei verschwunden, und ich beauftragt, ihn aufzufinden. Sie waren alle sehr in Sorge wegen des jungen Menschen, besonders ein allerliebstes junges Mädchen, die wohl ihr Herz an ihn verloren hat.«

»Das Mädel kenne ich,« warf Lamman ein.

»Das glaube ich, solch hübsches Gesicht vergißt man nicht so leicht. Ich war sehr sanft und teilnahmsvoll und erreichte dadurch, daß sie mir in allem behilflich war. Ich durchsuchte sein Zimmer und seinen Papierkorb, fand einige Brieffetzen und dieses –«

Er entnahm mit großer Sorgfalt seiner Brieftasche ein abgerissenes Stückchen dünnen Kopierpapiers, auf dem sich ein Schmutzfleck befand, durchzogen von einem ganz feinen Geäder.

»Und was ist das, wenn ich fragen darf?«

Beck betrachtete seinen Schatz mit unverhohlenem Entzücken. »Dieser Fleck wurde von dem Daumen eines Mannes gemacht. Sie wissen doch, daß Telegramme mit Blaupapier kopiert werden. An dem Blaupapier beschmutzte er sich den Finger und machte später diesen Fleck. Nun gibt es auf der ganzen Welt nicht zwei Daumen, die den gleichen Abdruck geben. Finden wir also einen Daumen, der einen gleichen Fleck macht, so haben wir den richtigen.«

»Ich habe schon davon gehört, daß man so die Identität eines Menschen nachweisen könne, verstand es aber nicht recht. Und die Brieffetzen?«

»Zeigten eine, freilich sehr gut verstellte Handschrift, die fast zur zweiten Natur geworden zu sein scheint; meinen Augen, die darin ziemliche Erfahrung besitzen, erschien sie nicht ganz natürlich. Weiter war hier nichts zu machen. Die Leute wußten augenscheinlich nichts und hatten den Verschwundenen sehr gern. Sie waren höflich zu mir, weil ich nach ihm suchte, hätten sie aber eine Ahnung gehabt, wozu, so hätten sie mich geschwind an die Luft gesetzt.

Ich fuhr dann in seine Wohnung; seine Wirtin erzählte mir, was sie Ihnen erzählt hat und noch einige Einzelheiten, die mir nützlich waren. Aber von dem Augenblick an, wo er in seinem Hansom davonfuhr, wußte sie nichts mehr von ihm. Die Frau war auch ein bißchen verliebt in den Schwindler; jedenfalls versteht er es, sich bei Frauen beliebt zu machen. Vor der Tür dieses Hauses blieb ich eine Weile stehen, um nachzudenken, sollte ich vorwärts oder rückwärts gehen.«

»Rückwärts, wieso?« fragte Lamman.

»Die Spur rückwärts verfolgen, wie ich begonnen hatte. Ein Detektiv muß seine Augen vorn und hinten haben. Wenn man eine Spur verloren hat, so ist es am besten, rückwärts sie wieder aufzunehmen. Bevor ich mich daran machte, herauszufinden, wohin er gegangen, wollte ich erst wissen, woher er kam, und das fand ich leicht genug durch einige Fingerzeige der Wirtin heraus. Ich will Ihnen die lange Geschichte mit ein paar Worten erklären. Vor einigen Monaten wurde der Beamte von einem Automobil überfahren und von einem jungen Mann in seinem Alter gerettet; das Leben wurde dem Beamten gerettet, doch sein eines Bein gebrochen und der Besitzer des Autos fuhr beide jungen Leute in das Hospital. Die beiden wurden dicke Freunde. Nun kommt der interessanteste Teil. Einer der beiden trug zu der Zeit einen Bart, der andre war glatt rasiert, sonst aber glichen sie sich wie ein Ei dem andern. Als sich dann der Glattrasierte auch einen Bart stehen ließ, gab es fortwährend Verwechslungen. Ein alter Arzt am Hospital erzählte mir, daß er noch nie zwei so ähnliche Zwillingsbrüder gesehen habe. Obwohl unser Freund, der Beamte, Geld im Überfluß hatte, einerlei, woher er es nahm, so wurde ihm doch seine Stellung offengehalten, und nachdem er geheilt entlassen war, kehrte er auf seinen Posten zurück – jedenfalls ein junger Mann gleichen Namens und ebenso aussehend. Ich begann Verdacht zu schöpfen, und einige weitere Nachfragen überzeugten mich, daß der Zwilling, der die Stellung wieder aufnahm, nicht derselbe war, wie der, der den Unfall erlitt.«

»Wohin ging der andre?« fragte Lamman eifrig. Ihm begann ein Schimmer des Zusammenhangs aufzudämmern.

»Nach New York, wo er ohne Zweifel ein Telegramm von seinem Mitverschworenen erhielt, nachdem Ihre Nachricht geändert worden war.«

»Haben Sie den wahren Namen des Fälschers entdeckt?«

»Gewiß. Philip Armitage.«

Lamman sprang mit einem Fluch auf. »Der verfluchte Schweinehund! Halb und halb hatte ich den schon im Verdacht.« Dann aber ließ er sich wieder in seinen Sessel fallen. »Nein, Beck, diesmal sind Sie auf falscher Fährte, denn ich habe Phil Armitage selbst in Liverpool auf den amerikanischen Dampfer gebracht.«

»Sie haben Littledale, oder den Mann, der sich so nannte, an Bord gebracht. Die beiden haben wie die Bärte auch ihre Persönlichkeiten getauscht, und nachdem Armitage Ihre Depesche als Littledale expediert hatte, glitt er in sein früheres Ich zurück, rasierte sich, wechselte seinen Anzug, wechselte am Bahnhof den Wagen und erschien als Phil Armitage im Ganymedklub, wo er noch wohnt.«

»Meiner Treu, Sie haben recht,« rief Lamman ungestüm, »wenn die Geschichte auch noch so unglaublich klingt.«

»Ich verlange nicht, daß Sie mir einfach alles glauben sollen,« entgegnete Paul Beck. »Hier habe ich eine Photographie, die vor kurzem von dem Beamten Littledale aufgenommen wurde. Sieht er Ihrem Freund Armitage nicht ähnlich?«

»Das ist Armitage bis auf den Bart,« rief Lamman erregt.

»Jetzt trägt er keinen Bart mehr.«

»Ich würde jederzeit beschwören, daß der Mensch auf dem Bilde da Armitage sei.«

»Unglücklicherweise sind aber eine ganze Menge Leute ebenso bereit, zu beschwören, es sei Littledale.«

»Meineidige!«

»Nicht im geringsten. Ehrliche Leute, die das fest glauben. Zum Beispiel der Postmeister und seine Tochter, die Littledale schon ein Jahr vor dem Unfall kannten, ebenso die Wirtin, die ihn lange kannte. Es ist wunderbar genug, wie leicht die Menschen glauben, was sie glauben wollen.

Die Frau ist schon völlig darauf vorbereitet, zu beschwören, daß er noch den Bart trug, als er fortfuhr, obwohl er sich ganz gewiß vorher rasiert hatte. Je mehr ich sie fragte, desto genauer entsann sie sich des Bartes. Ihr Zeugnis allein würde genügen, um Armitage zu entlasten.«

»Sie sind aber sicher, daß er es war?«

»Ja, vollkommen.«

»Ich auch. Ich habe es im Gefühl. Verhaften Sie den Schurken.«

»Nein.«

»Ich begreife nicht, was Sie dagegen zu sagen haben, Herr Beck!«

»Nur ruhig, Mr. Lammau,« sagte Beck, mit seinem gelassenen, aber scharfen Blick die Erregung des andern zügelnd. »Wenn ich Ihnen helfen soll, so tue ich das nur nach meinem eigenen Gutdünken. Ich werde mich nicht Ihretwegen zum Narren machen. Wie die Dinge jetzt stehen, haben Sie absolut keine Chancen; der Mann würde am nächsten Tag entlassen werden und Sie würden große Kosten und Unannehmlichkeiten haben wegen böswilliger Verleumdung. Da tue ich nicht mit. Wir haben unsern Mann ausfindig gemacht, nun heißt es Beweise schaffen.«

»Können Sie das?«

»Ich kann es versuchen.«

»Was wird der Kerl kriegen, wenn Sie ihn überführen?«

»Zuchthaus vermutlich. Telegramme fälschen ist schwerer Betrug.«

»Hören Sie, Beck,« rief Lamman lebhaft, »ich versprach Ihnen tausend Pfund, wenn Sie den Mann auffänden. Ich gebe Ihnen einen Scheck auf fünftausend an dem Tag, wo Armitage verurteilt wird.«

»Mr. Lammau, meine Dienste werden nicht verauktioniert. Sie brauchen sich nicht selbst zu überbieten. Ich versprach, für tausend alles zu tun, was in meinen Kräften steht; mehr kann ich auch für hunderttausend nicht tun. Aber sagen Sie mir, weshalb sind Sie so versessen darauf, den jungen Armitage ins Gefängnis zu bringen?«

Lamman zögerte einen Augenblick. Er fühlte Becks festen Blick und begegnete ihm, ohne mit den Wimpern zu zucken. Fieberhaft arbeiteten seine Gedanken, um eine glaubhafte Geschichte zu erfinden, halb Wahrheit, halb Dichtung.

»Ich möchte es lieber nicht sagen.«

»Wie es Ihnen beliebt, aber dann gebe ich die Sache auf. Mit halbem Vertrauen kann ich mich nicht begnügen.«

»Es ist eine Frau in die Sache verwickelt.«

»So ist es ja meistens.«

»Es ist nicht mein Geheimnis,« rief Lamman freimütig, »ich fühle aber, daß ich Ihnen vertrauen kann.«

Beck hob abwehrend die Hand. »Soll das ein Kompliment sein? Das ist es nicht. Natürlich können Sie mir trauen. Wenn Sie ehrlich mit mir sind, so handle ich auch ehrlich in Ihrem Interesse.«

»Der Name der Dame ist Norma Lee. Ihr Vater war Theophilus Lee.«

»Der war mir bekannt,« sagte Beck trocken.

»Er liebte seine Tochter über alles.«

Beck nickte. »Das ist wahr.«

»Na, der junge Armitage spekulierte auf diese Liebe. Er wußte das Mädchen zu gewinnen und sich heimlich mit ihr zu verloben; sie ist noch sehr jung. Der Vater versagte seine Einwilligung zu einer Heirat seiner Tochter mit diesem jungen Wüstling. Armitage war wütend über die Vereitlung seiner Hoffnungen und schwor Rache.«

»Was haben denn Sie mit der Sache zu tun?«

»Ich bewarb mich ebenfalls um das Mädchen, und der Vater begünstigte mich; ich glaube, daß meine Aussichten gut waren, bis dieser junge Lothario dazwischen kam. Lachen Sie nicht über das Geständnis solch eines alten Kerls wie ich, ich bin nämlich bis über beide Ohren verliebt in das Mädchen.«

»Daran ist gar nichts Lächerliches,« sagte Beck ernst, und Lamman freute sich, in seinem Ton wieder größere Herzlichkeit zu finden.

»Vielleicht verstehen Sie, daß ich das Mädchen, wenn ich es selbst nicht haben kann, am wenigsten solch einem Betrüger und Schwindler gönne. Er ist verderbt durch und durch. Er gab sich für meinen Freund aus, während er darüber nachsann, mich zu betrügen. Er tut schön mit andern Frauen, während er Miß Lee den Hof macht. Man darf ihm nicht trauen, weder in der Liebe, noch in der Freundschaft, noch geschäftlich. Begreifen Sie nun, warum ich ihn sicher hinter Schloß und Riegel wissen möchte?«

»Ja, das verstehe ich,« sagte Beck einfach, »und es war richtig, daß Sie mir offen alles sagten.«

»Und Sie werden mir helfen, das junge Mädchen schützen?«

»Ich werde mein Möglichstes tun.«

»Das ist recht, dann habe ich keine Furcht. Ich weiß recht gut, für Sie gibt es das Wort ›mißlingen‹ nicht.«

»Die Sache scheint so leicht, es kann nicht schwer halten, Littledale unter Armitages Maske zu fassen. Trotzdem habe ich ein Gefühl, als stände uns eine schwierige Zeit bevor, ehe es uns gelingt, den jungen Mann in die Sträflingsjacke zu stecken. Er ist klug und hat sehr kluge Freunde.«

Neuntes Kapitel
Verteidigung

Mit wachsender Ungeduld wartete Phil Armitage auf den versprochenen Brief aus New York. Es gibt nichts Aufregenderes als Ungewißheit. Kein Gedanke an eine Gefahr beunruhigte ihn. Er wußte, daß Lamman toben und fluchen würde und freute sich im stillen darüber, denn er glaubte sich vor Verfolgung völlig gesichert. Aber eine große Ruhelosigkeit kam über ihn, er versuchte, zu lesen, und verstand nicht, was er gelesen hatte; nachts quälten ihn unbestimmte Träume, auf die er sich morgens nicht mehr besinnen konnte und die ein Gefühl kommenden Unheils in ihm hinterließen. Er hielt sich von Norma fern, denn er wollte nichts verraten, bevor er alles erzählen konnte. Langsam ging eine Woche vorüber, da kam endlich der sehnlichst erwartete Brief morgens mit dem heißen Wasser, ein dicker, eingeschriebener Brief in festem Umschlag. Er sprang aus dem Bett, verriegelte die Tür hinter dem Hausknecht und kuschelte sich recht behaglich von neuem in sein Bett, um zu lesen.

»Mein lieber Armitage!« hieß es da. »Du hast natürlich den Littledale zu dieser Zeit vollständig ausgezogen. Ich brauche Dir wohl nicht zu sagen, daß Marconi für uns ein großer Coup war. Stundenlang war hier alles wie von Sinnen. Als der Sturm vorübergebraust war, besaßen Thornton & Sohn gerade eine Million Dollars mehr als vorher und die Standard Oil-Leute eine Million weniger. Wie ich höre, muß Dein lieber Freund Lamman die Zeche bezahlen, so hast Du ihm also gut heimgezahlt. Ich wußte, daß Du das Spiel aufnehmen würdest, sobald Dir die Gelegenheit geboten würde. Für uns beide eine feine Sache, denn, wie verabredet, teilen wir die Beute. Ich lege Dir daher einen Scheck über Deinen Anteil an dem Raub bei.«

Armitage wandte das Blatt und fand die Tratte zwischen den Bogen. Wie verzaubert starrte er auf die Summe und wagte kaum, seinen Augen zu trauen. Dann faltete er vorsichtig das kleine Papier, das einen so horrenden Wert repräsentierte, zusammen, steckte es in sein Portemonnaie und nahm dann seinen Brief wieder auf.

»Ich habe es arrangiert, daß die Tratte unter keinen Umständen auf uns zurückgeführt werden kann, und mein Rat ist: leg das Geld fest und gib das Spekulieren auf. Heirate Deine Liebste, Norma hieß sie, nicht wahr? Und lebe glücklich, bis an Dein seliges Ende. Irene Thornton sendet Dir herzlichste Grüße – ihr Gesicht findest Du auf dem Siegel des Briefes. Ist sie nicht wie eine Blume? Ich würde noch mehr sagen, aber sie guckt mir über die Schulter, und ich möchte ihrer Eitelkeit nicht zu sehr schmeicheln. Leb wohl, alter Freund, bring Deine Frau einmal herüber zu uns, wenn Du sie noch kriegst; Irene wird schon für sie sorgen, und ich –«

Hier brach der Brief ab, doch folgten die Worte: »Kommen Sie, bitte. Irene«, von einer Frauenhand geschrieben.

Phil legte den Brief neben sich; ihm schwindelte und es fiel ihm schwer, sich klarzumachen, daß er so plötzlich zu diesem Riesenvermögen gekommen war. Aber allmählich durchströmte ihn reinstes Entzücken.

Er zog sich rasch an und nahm seinen gewohnten Platz im Frühstückszimmer am Fenster ein, von wo er auf die Themse hinausblickte. Während er wartete, las er seinen Brief noch zweimal durch, steckte ihn wieder in den Umschlag und legte ihn neben sich auf den Tisch. Dann machte er sich frisch über sein Frühstück. Während der ganzen Zeit erfüllte ihn tiefste Befriedigung; jetzt konnte er Norma heiraten, denn die Bedingung ihres Vaters war erfüllt.

Niemals vergaß er die Glückseligkeit dieses Morgens; noch nie hatten ihm die Speisen so geschmeckt, dazu der tanzende Sonnenschein auf der Themse, das Zwitschern der Vögel in dem Terrassengarten unter ihm, all diese Einzelheiten schienen sich für immer seiner Seele einzuprägen.

Da zerstörte etwas den Traum. Der lautlos sich bewegende Kellner setzte eine Schüssel auf den Tisch und warf dabei den Brief hinunter. Armitage erwachte sofort und bückte sich nach dem Brief, doch der Kellner war noch schneller und überreichte ihm den Brief mit einer leise gemurmelten Bitte um Verzeihung wegen seiner Ungeschicklichkeit.

Armitage ärgerte sich über seine eigene Sorglosigkeit, dankte dem Kellner und versenkte den Brief in die Brusttasche. Im nächsten Moment aber kam ihm ein besserer Gedanke. Am andern Ende des Zimmers brannte ein helles Feuer im Kamin, rasch schritt er hinüber, ließ den Brief in die Glut fallen und wartete, bis auch das letzte Restchen verbrannt war. Er stieß wieder auf seinen Kellner in der Tür der Garderobe, wunderte sich, was der wohl da zu suchen hatte, gab ihm aber in seiner Herzensfreude ein recht reichliches Trinkgeld.

Es gibt Tage im Leben eines jeden Menschen, auch wenn er ganz frei von Eitelkeit ist, wo er gern besonders gut aussehen möchte. Solch ein Tag war heute für Armitage, und er putzte sich in der Garderobe mit großer Sorgfalt, die Krawatte wurde frisch gebunden, der Scheitel noch verbessert, und der Rock gründlich abgebürstet. Nachdem er seinen Paletot angezogen hatte, fuhr er zufällig mit der Hand in die Brusttasche und vermißte seine Brieftasche. Sofort machte er sich auf den Weg nach dem Frühstückszimmer, begegnete aber schon unterwegs dem diensteifrigen Kellner mit der Brieftasche in der Hand. Er hatte sie, wie er sagte, unter dem Stuhl gefunden und hoffte, sie zurückzuerstatten, ehe sie vermißt wurde.

Die beiden jungen Mädchen Norma und Dora waren zu Hause, als Armitage sich eine Stunde darauf bei Norma im Belgrave Square melden ließ. Die Herrin saß mit gekreuzten Beinen wie ein Schneider in einem der tiefen Sessel und strickte an einer rotseidenen Geldbörse. Dora saß auf dem Boden auf einem Haufen Kissen und las; sie legte ruhig ihr Buch aufgeklappt neben sich, während Norma flink die Füße zu Boden gleiten ließ, als Philip so unerwartet in der Tür erschien.

»Was gibt's?« riefen beide, denn sie sahen ihm an, daß er eine große Neuigkeit für sie hatte. Norma gab ihm kaum die Hand und stieß ihn gleich auf den Sessel nieder, von dem sie bei seinem Eintritt aufgesprungen war.

»Ich habe euch eine sehr seltsame Geschichte zu erzählen.«

»Was denn?« rief Norma aufgeregt, »ich sterbe schon vor Neugierde.«

»Soll ich hinausgehen?« fragte Dora ernsthaft.

Ehe Armitage antworten konnte, rief Norma hastig abwehrend: »Nein, nein. Wenn du gehst, Dora, gehe ich auch und ich komme ja bald um vor Neugier.«

Nun bestand auch Armitage pflichtgemäß auf ihrem Bleiben, und Dora ließ sich mit einem Märtyrerblick und den Worten: »Wenn es denn sein muß«, wieder auf ihren Kissenhaufen sinken.

»Sieh, die Heuchlerin,« lachte ihre Freundin, »und dabei möchte sie brennend gern alles hören. Fang gleich an, Phil, und spann' uns nicht auf die Folter.«

Er erzählte nun seine wunderbaren Erlebnisse vom Anfang bis zum Ende. Die Mädchen hörten ihm mit gespanntester Aufmerksamkeit zu. Dann rief Norma in ihrer strahlenden, übersprudelnden Freude: »Eine halbe Million Dollars, Phil? Wieviel Pfund sind das? Einhundertzwanzigtausend! Nein, ist das herrlich! Das klingt ja wie ein Märchen aus Tausend und einer Nacht. Und noch dazu, daß dies Geld von dem abscheulichen Mr. Lamman stammt, der dir solch bösen Streich gespielt hat, das ist ja wundervoll. Ich freue mich unbeschreiblich.«

Sie kam zu ihm mit ausgestreckten Händen und glückstrahlenden Augen. Phil Armitage bedauerte in diesem Augenblick wohl, daß Dora im Zimmer war. Norma las etwas in seinen Augen, worauf sie errötend auf die Freundin blickte, welche ernst und schweigend vor sich hinstarrte.

»Was ist denn dir passiert, Dora? Du sagst kein Wort, hast keinen Glückwunsch für Phil? Vielleicht,« rief sie mit plötzlichem Zorn, »hältst du es gar für unrecht, daß er sein Geld von dem Kerl, dem Lamman, wiederhaben wollte.«

»Nein,« sagte Dora langsam, »das finde ich ganz berechtigt, aber —«

»Was gibt es denn da für ein ›Aber‹?«

»Es ist gefährlich. Lamman ist, soweit ich ihn beurteilen kann, nicht der Mann, sich über so etwas zu beruhigen.«

»Meinetwegen kann er tun, was ihm beliebt,« sagte Armitage unbekümmert.

»Er ist gegenwärtig schon an der Arbeit, daran zweifle ich nicht. Übrigens, was haben Sie mit dem Brief gemacht?«

Des Mädchens Antlitz, Stimme und Wesen hatten sich gänzlich verändert. Scharf, klar und entschlossen, hätte niemand in ihr die frohe, lachende Dora Myrl, die man gewohnt war im Salon zu sehen, wiedererkannt.

Armitage lächelte über die Veränderung. Dora Myrl, der berühmte weibliche Detektiv, die schon manch schweres Verbrechen aufgedeckt, manch tiefes Geheimnis enträtselt hatte, hatte er niemals ernsthaft genommen; er glaubte nicht an ihre Fähigkeit.

»Ich habe ihn ganz und gar verbrannt,« sagte er gutmütig. »Genügt das Euer Gnaden?«

Sie nickte. »So weit ja.«

»Erst wollte ich ihn mitbringen, besann mich dann aber anders.«

Er erzählte, wie der Kellner den Brief vom Tisch geworfen hatte und wie er ihn erst in seine Brusttasche gesteckt hatte. »Im selben Augenblick kam mir der Gedanke, wie gefährlich es sei, wenn er in fremde Hände geriete; deshalb verbrannte ich ihn und war froh, daß ich es getan hatte, als ich meine Brieftasche vermißte.«

»Sie vermißten Ihre Brieftasche? Wie kam das?«

»Aber Dora, du stellst ja das reine Kreuzverhör an.«

»Norma, bitte, verzeih' einen Augenblick. Die Sache ist ernst.« Dann wandte sie sich wieder an Armitage. »Wie kam das mit der Brieftasche?«

Er erzählte es. »Ich war ja wie berauscht vor Freude und habe wohl daneben gegriffen, als ich meinte, sie in die Tasche zu stecken.«

»Unsinn, Mr. Armitage. Die Brieftasche wurde entwendet und zurückgegeben, nachdem sie nach dem amerikanischen Brief durchsucht war. Es war ein Glück, daß Sie es bemerkten, als der Kellner den Brief vom Tisch schob, sonst hätten Sie ihn nie wieder gesehen. Ich errate, wer der Kellner war. Man erzählt, er sei ein wunderbarer Kellner, wie er eben ein Wunder in allem ist.«

»Wer ist dies Wunder, wenn ich fragen darf?«

»Lachen Sie nicht, Mr. Armitage; die Sache ist durchaus nicht zum Lachen, wenn es sich so verhält, wie ich glaube. Was Sie mir soeben erzählt haben, bedeutet, daß Ihre Feinde Sie ausfindig gemacht haben und auf Ihrer Spur sind.«

Norma schrie auf und schloß der Freundin mit der Hand den Mund. »Um Gottes willen, Dora!«

»Ich möchte dich nicht beunruhigen, mein Liebling; aber wenn wir uns Scheuklappen vorbinden, gewinnen wir hier nichts.«

»Er tat aber doch Lamman nichts andres, als der zuerst an ihm getan.«

»Er tat recht und Lamman unrecht, wenn du so willst; aber Lamman kam nicht mit dem Gesetz in Konflikt, so wie er.«

»Können sie ihn bestrafen?«

»Erst müssen sie ihn überführen, und das müssen wir zu verhindern suchen.«

Unwillkürlich machte ihr Eifer Eindruck auf Armitage; er lächelte nicht mehr. »Sie glauben, der Kellner war ein Spion?«

»Ich glaube, es war ein Detektiv, Mr. Armitage – und zwar der fähigste und bedeutendste, den es gibt. Es ist ja klar, daß der Mann, wer er auch sein mag, argwöhnt, daß Mr. Philip Armitage und Littledale, der Telegraphenbeamte, ein und dieselbe Person sind. Weiter ist klar, daß er es nicht beweisen kann, sonst würde er nicht auf der Lauer liegen und Beweise zu erhaschen suchen.«

»Jetzt, wo Sie es erwähnen, weiß ich, daß ich einige Male die unbestimmte Empfindung hatte, als wenn ich beobachtet würde; ich konnte aber keinen greifbaren Grund für dies Gefühl finden.«

»Instinkt ist oft nützlicher als plausible Gründe.«

»Im Klub passierte mir noch eine kleine Sache, an die ich bisher kaum einen Gedanken verschwendete; auch jetzt erscheint sie mir kaum des Erwähnens wert.«

»Alles ist hier der Erwähnung wert.«

»Eines Abends, als ich zu Bett ging, ließ ich meinen Kragenknopf fallen; ein kleines Knöpfchen aus Perlmutter, das wegrollte. Ich ließ ihn liegen, weil ich dachte, ich würde ihn am Morgen mit Leichtigkeit finden. Ich fand ihn auch am nächsten Morgen, aber total zerquetscht. Es ist mir unerklärlich, wie der Knopf so zerbrechen konnte.«

»Mir nicht. Ein schwerer Mann in Filzpantoffeln trat darauf, während Sie schliefen. Hatten Sie die Tür abgeschlossen?«

»Ja, ich schließe stets ab; die Tür war auch morgens noch verschlossen.«

»Dann kam er also durch die verschlossene Tür herein, um Ihr Zimmer zu durchsuchen; das bestätigt meinen Verdacht. Lamman hat den gefährlichsten Detektiv engagiert, und der ist Ihnen auf der Spur.«

»O Dora, was sollen wir nur tun?« rief Norma, »und ich war so glücklich! Dies ist zu furchtbar!«

Armitage war sich der Gefahr, in der er schwebte, jetzt völlig bewußt, warf aber Dora rasch einen bittenden Blick zu, den sie mit einem leisen Nicken beantwortete.

»Die Gefahr ist ja nicht groß, du Schäfchen, wir müssen nur gut aufpassen.«

»Wirst du alles für Phil tun? Ich weiß, du kannst ihn retten.«

»Wenn Mr. Armitage meine Dienste annehmen will.«

»Mein verehrtes Fräulein, ich freue mich, Sie als ersten Ratgeber der eingeleiteten Verteidigung begrüßen zu dürfen.«

Dora fühlte den tiefen Ernst, der aus den scherzhaften Worten hindurchklang, mit denen er Norma beruhigen wollte, und nickte ihm zu.

»Darf ich mir noch die Frage erlauben,« fuhr er in demselben scherzenden Ton fort, »wie ist der Name des Leiters der Gegenpartei? Sie glaubten ihn ja zu kennen.«

»Ich bin meiner Sache ziemlich sicher, denn kein andrer wäre Ihnen so geschwind auf die Spur gekommen. Haben Sie jemals von Paul Beck gehört?«

Zehntes Kapitel
Die Photographie mit Namenszug

»Den Brief hätte ich haben müssen, Mr. Lamman, ich bin gar nicht mit mir zufrieden,« sagte Paul Beck, als er mit Lamman in dessen luxuriösem Palais in Park Lane beim Frühstück saß, nachdem er ihm seine Erlebnisse und seinen Mißerfolg im Ganymedklub berichtet hatte.

»Sie haben getan, was in Ihren Kräften stand,« erwiderte Lamman herzlich. »Das Glück war Ihnen nicht hold. Wie konnten Sie ahnen, daß er den kostbaren Brief verbrennen würde.«

»Ja,« gab Beck zu, »ein bißchen Glück gehört zu meinem Beruf, aber meines hat mich selten im Stich gelassen.«

»Mit dem Brief hatte es aber seine Richtigkeit?«

»Ja, ich war ein Tor, daß ich ihn mir durch die Finger gleiten ließ. Ich sah die amerikanische Marke und möchte wetten, daß ein Wechsel darin steckte und zwar kein kleiner. Die Sache ist ja ganz klar, Brief und Wechsel kamen von seinem Verbündeten in New York.«

»Wenn Sie dessen so gewiß sind, weshalb fassen Sie ihn nicht?«

»Haben Sie als Knabe mal versucht, einen Vogel zu fangen?« fragte Beck. »Wenn Sie sich bewegen, ehe der Vogel in der Falle ist, so verscheuchen Sie ihn und haben das Nachsehen. Es hat keinen Zweck, jemand zu packen, wenn man ihn nicht festhalten kann. Ich zeigte Ihnen die Photographie, nicht wahr?«

»Ja, Armitage mit Schnurr- und Backenbart.«

»Littledale, bitte,« widersprach Beck lächelnd. »Das Bild wurde von Littledale aufgenommen, in die Bücher als Littledale eingetragen und von Littledale bezahlt. Wenn wir nur beweisen könnten, daß es Armitage ist.«

»Ich kann es beschwören.«

»Das nützt nichts, denn ein Dutzend Leute würden das Gegenteil beschwören, aber wenn wir ihn selbst dazu bringen könnten, es zuzugeben.«

»So dumm wird er doch nicht sein.«

»Man begeht leicht eine Torheit, wenn man verliebt ist. Littledale-Armitage ließ sich vor ungefähr drei Wochen für das Mädchen, das er liebt, photographieren.«

»Für Miß Lee? So eine Unverschämtheit!«

»Ja, der Photograph ist ein heller Kopf und hat viel Erfahrung. Er sagt, er weiß immer ganz genau, wenn ein junger Mann sich für seine Liebste photographieren läßt, und bei diesem sei er seiner Sache ganz sicher gewesen. Nun zweifle ich nicht daran, daß er das Bild mit seinem alten Namenszug an Miß Lee schickte, und wenn wir das Bild in unsre Hände bekommen könnten, hätten wir leichtes Spiel.«

»Glauben Sie, daß Sie es erlangen werden?«

»Wenn das Glück mir hold ist; aber ich kann nichts vorher sagen. Ja, bitte noch eine Tasse Kaffee, viel Rahm, bitte.«

Zwei Tage später fuhr Norma Lee in einem Hansom zu dem großen Laden von Redfern und wurde am Eingang von Dora Myrl erwartet.

»Verzeih, daß ich mich verspätete, ich konnte nicht wegkommen.«

»Tut nichts,« antwortete Dora mit ihrer gewohnten frohen Laune. »Mir macht es Spaß, die Leute zu beobachten. Eben ist eine von Kleptomanie besessene Dame fortgefahren; sie hatte einen Spitzenschal in ihrem Muff und Spitzen trägt man ja nicht gerade im Muff, wenn man sie ehrlich gekauft hat.«

»Dora, du bist wirklich bewundernswert; manchmal habe ich ordentlich Angst vor dir. Und wenn ich mal Spitzen stehlen will, nehme ich dich gewiß nicht mit. Aber heute hätte ich gewünscht, daß du bei mir gewesen wärst. Es hätte dir gefallen, so viel kluge Leute waren da.«

»Frühstück bei Vernons, nicht wahr?«

»Ja, und so viele berühmte Leute, ich erkannte sie nach ihren Bildern in den Zeitungen. Meinen Tischherrn hatte ich noch nie gesehen, er war aber der netteste von allen.«

»Das erzähle ich Phil.«

»Erzähle nur, er war alt genug, um mein Vater zu sein, hatte überhaupt so etwas angenehm Väterliches an sich. Ich war Lil sehr dankbar, daß sie mir gerade den als Tischherrn gab. Er kannte fast alle Leute, die ich kenne, wußte, was für Spiele und welche Bücher ich liebe, und wir schwatzten wie ein paar alte Freunde.«

»Er hat ja ordentlich Eindruck auf dich gemacht. Aber komm jetzt; du hast den besten und empfindlichsten Schneider in London schon volle fünf Minuten mit der Anprobe warten lassen.«

»Einen Augenblick noch, Dora. Er wußte auch alles über Phil.«

»Wer?«

»Mein Tischnachbar.«

»Wie heißt er?«

»Das weiß ich nicht. Ich habe den Namen bei der Vorstellung nicht verstanden und auf seinen Gläsern lag auch keine Karte, aber er schien mir bald gar nicht mehr fremd.«

»Ja, ja, das sagtest du schon,« unterbrach sie Dora, deren Interesse plötzlich erwacht war. »Was sagte er über Mr. Armitage? Antworte, schnell, schnell.«

»Nur Liebes und Gutes. Warum bist du so erregt, Dora. Was sollte er sonst wohl sagen? Meinst du, daß ich es anhören würde, wenn jemand schlecht von Phil spräche? Er scheint ihn von Kindheit an gekannt zu haben.«

»Hat Phil jemals von diesem Mann gesprochen?«

»Wie kann ich das sagen, ich weiß ja nicht einmal seinen Namen. Du bist heut wirklich unausstehlich, Dora. Er kennt Phil sehr genau, ließ sogar durchblicken, er wisse, daß er momentan Unannehmlichkeiten habe. Ich sagte natürlich nichts.«

»Natürlich nicht!« entgegnete Dora mit scharfer Ironie des Tones.

»Ja, aber er fragte nach meiner Adresse und ob er mir seinen Besuch machen dürfe.«

»Und was sagtest du?«

»Ich sagte natürlich ja. Er wollte heute kommen, aber ich sagte ihm, daß ich mit dir Besorgungen machen wolle. Was starrst du mich so an?«

Dora hörte sie anscheinend gar nicht. Ihre Gedanken arbeiteten rastlos. »Er muß es sein,« dachte sie, »das sieht ihm so ähnlich, seinen Namen verheimlichen und herausfinden, wann sie nicht zu Hause ist. Was hofft er denn aber nur bei ihr zu entdecken? – O –« ein plötzlicher Einfall, der sie blaß werden ließ vor Schreck – »seine Photographie. Ich war ja verrückt, daß ich sie nicht längst zwang, das Bild zu verbrennen.« Laut sagte sie plötzlich: »Adieu, Norma, ich muß fort.«

Wie der Blitz war sie verschwunden, und Norma stand so erstarrt und ratlos da, daß einer der Ladenangestellten zu ihr trat und fragte: »Hat sie Ihnen etwas entrissen, Fräulein? Soll ich die Polizei holen?«

»Nein, nein, um Gottes willen! Sie ist meine beste Freundin; sie muß irgend etwas Dringendes vergessen haben.«

In fliegender Eile rief Dora sich vor dem Laden einen Hansom herbei. Sie nannte Normas Adresse und fügte hinzu: »So schnell Ihr Gaul laufen kann, ich zahle Ihnen doppelte Taxe.« Und fort ging es wie im Fluge. Die ganze Zeit peinigte sie der Gedanke: »Komme ich noch zur rechten Zeit?«

Als der Hansom um die Ecke fuhr, sah sie einen andern sich gerade in Bewegung setzen und erblickte noch den dunklen Rücken eines Mannes in der Haustür.

Sofort hatte sie ihren Plan fertig; sprang leichtfüßig aus dem Hansom und reichte dem Kutscher solch reichlichen Fahrlohn, daß er vergnügt davon fuhr.

Dann drückte sie auf den Knopf der elektrischen Glocke, öffnete sich aber zu gleicher Zeit mit dem Drücker. In der Halle stieß sie auf das Hausmädchen. »Still, Margaret, sprechen Sie leise. Ist nicht soeben ein Herr hinauf in den Salon gegangen?«

»Ja, Fräulein.«

»Haben Sie ihm die Tür geöffnet?«

»Nein – Elise. Ich hörte nur, wie er sagte, Fräulein habe ihn gebeten, sie zu besuchen und zu warten, bis sie wiederkäme.«

»So hat er Sie gar nicht gesehen? Das ist gut! Her mit Ihrem Häubchen und Ihrer Schürze. Helfen Sie mir rasch!«

Das Mädchen war nicht auf den Kopf gefallen und begriff ihre Absicht sofort. Dora warf Hut und Jacke beiseite, setzte vor dem Spiegel das Häubchen mit den langen Bändern auf und band die weiße Schürze über ihr einfaches dunkles Kleid. In fünf Sekunden war sie in ein fesches Hausmädchen verwandelt.

Leise wie eine Katze schlich sie die Treppe hinauf und öffnete die Tür völlig lautlos. Im ersten Augenblick sah sie der Fremde, der das Gesicht dem Fenster zugekehrt hatte, nicht. Sie wußte, daß die Photographie auf einem kleinen Tisch an der Tür stand. Glücklicherweise wurde sie durch einen großen Strauß frischer Blumen fast völlig verdeckt. Doras Herz hüpfte vor Freude, als sie das Bild hinter den Blumen und Blättern gewahr wurde; rasch verbarg sie es unter ihrer Schürze und zwängte den Rahmen unter den Gürtel.

Nicht um einen Moment zu früh.

Der Fremde drehte sich plötzlich um. Ein Blick in dieses freundliche, kluge Gesicht mit dem entschlossenen Mund und Kinn zeigte Dora, daß ihre Befürchtung gerechtfertigt war. Es war der furchtbare Paul Beck, der sie lächelnd ansah. Ihr Herz klopfte rasend, doch ihr Gesicht verriet nichts davon. Sie war ein sehr hübsches, schüchternes kleines Hausmädchen, weiter nichts.

Herr Beck hatte einen sicheren Blick für weibliche Reize. »Noch nie sah ich ein süßeres Frauengesicht,« dachte er, als seine Blicke den lachenden Blauaugen begegneten.

Seltsamerweise nahmen Doras Gedanken eine ähnliche Richtung. »Kein Wunder, daß er Norma ganz gefangen nahm. Solch ein männliches und doch gütiges Gesicht; so recht ein Mann zum Liebhaben, zu dem man aber auch aufsehen muß. Schade, daß er zur Gegenpartei gehört.«

Auf seinen fragenden Blick sagte sie mit der Höflichkeit des wohlerzogenen Dienstboten: »Ich wollte nur fragen, ob ich dem Herrn ein Glas Wein oder Tee bringen darf. Meine Herrschaft wünscht, daß ich immer frage, ob etwas gewünscht wird, wenn jemand auf sie wartet.«

›,Danke nein; ich will Sie nicht bemühen.« Dora fühlte ihre Wangen erglühen unter seinem bewundernden Blick. »Ich werde nicht lange warten können, möchte mir nur die hübschen Sachen in diesem Zimmer etwas ansehen, wenn das gestattet ist?«

»Gewiß, mein Herr,« antwortete sie ernsthaft in dem frohen Bewußtsein, daß die »hübsche Sache«, die er suchte, sicher unter ihrer Schürze verborgen war.

»Würden Sie mir wohl ein Blatt Papier besorgen?« fragte Beck und zog seinen Füllfederhalter heraus. »Ich möchte Ihrer Herrin ein paar Worte schreiben, wenn sie nicht bald kommt.«

Als Dora mit dem Papier wiederkam, wußte sie, daß Beck den Salon vergeblich abgesucht hatte, auf seinem gelassenen Gesicht zeigte sich jedoch keine Spur von Enttäuschung, und ruhig setzte er sich zum Schreiben nieder.

»Er wird einen Blick in das Schlafzimmer werfen, ehe er geht,« dachte Dora, »er wird sich einbilden, daß Norma das Bild dort hingestellt hat.« So ging sie in das Schlafzimmer hinüber und versteckte sich hinter den Bettgardinen.

Ihre Vermutung erwies sich als richtig. Sie hatte vergeblich auf das Öffnen oder Schließen der Tür gehorcht, oder auf Schritte auf der Treppe, plötzlich aber sah sie durch ein winziges Loch in der Gardine, wie die Tür sich geräuschlos öffnete und Beck im Türrahmen erschien. Sie sah, wie seine Augen das Zimmer durchsuchten; da wurde die Versuchung, ihn aus seiner Ruhe aufzuschrecken, übermächtig in ihr. Sie kam plötzlich hervor und stieß einen Schrei aus, als sie den Eindringling bemerkte.

Beck zeigte keinerlei Aufregung über ihr unerwartetes Auftauchen. Er blieb vollkommen Herr der Situation.

»Erschrecken Sie nicht, mein Kind,« sagte er beruhigend, »ich habe mir die Finger mit der dummen Feder beschmutzt und, wie ich fürchte, auch das Gesicht. Ich sehe mich nach Wasser zum Waschen um. Vielleicht sind Sie so freundlich, mir das Badezimmer zu zeigen?«

Er hatte einen deutlichen Tintenspritzer an der Nase, auch seine Fingerspitzen waren beschmiert, er hatte also die Entschuldigung für den Notfall vorbereitet. Seine Ruhe entzückte Dora, und ohne ein weiteres Wort wies sie ihm den Weg, drehte den Warmwasserhahnen auf und legte ihm ein Handtuch hin.

»Ich fürchte, ich habe Sie erschreckt, mein Kind,« sagte Beck, »Sie hielten mich wohl für einen Einbrecher?«

»Ach nein,« erwiderte Dora schüchtern, »im Gegenteil.«

Diese naive Antwort machte dem Besucher Spaß. »Im Gegenteil,« wiederholte er lächelnd, »das gefällt mir.«

Seine unverändert gute Laune war Dora rätselhaft, weil sie wußte, daß er seinen Zweck nicht erreicht hatte.

»Soll ich etwas bestellen?« fragte sie an der Haustür, als er ein Zweischillingstück in ihre Hand gleiten ließ.

»Nein, mein Kind, zu bestellen ist nichts, ich werde mir ein andermal das Vergnügen machen.« Dann vergaß er in der Eile noch, seinen Namen zu nennen, worüber sie sich durchaus nicht wunderte.

Dora warf das Geldstück in die Höhe und fing es wieder.

»Davon trenne ich mich nie, das ist ein Heckpfennig und muß mir Glück bringen.«

Als Norma nach einer halben Stunde heimkam, fand sie die flüchtige Freundin als Hausmädchen verkleidet und mit dem Geldstück spielend.

»Was für ein neuer Unsinn ist das?« begann sie, während sie in dem Zimmer hin und her ging; plötzlich vermißte sie das Bild an seinem gewohnten Platz. »O Dora, was hast du damit angefangen?«

»Dort ist es,« sagte Dora ruhig und wies auf ein Häufchen Asche im Kamin.

»Du böses Mädchen! Du hast doch sein Bild nicht wirklich verbrannt?«

»Ja, und du wirst es mir auf den Knieen danken, wenn ich dir erzähle, warum ich es tat.« Norma hörte atemlos auf die Erzählung der Freundin.

»Darf ich den Rahmen behalten?« fragte Dora, nachdem sie geendet.

»Sicherlich, Liebste, aber warum willst du ihn haben?«

»Um Pauls Bild hineinzustecken. Ich bin ganz verliebt in den Mann. Ach, Norma, der ist ja zehn von deinen alltäglichen Phils wert. Wäre er doch auf unsrer Seite statt auf der andern!«

Elftes Kapitel
Der Lebensretter

»Na, ist sie nicht wunderbar, Phil?« fragte Norma, nachdem sie Doras erstes Zusammentreffen mit Herrn Beck geschildert hatte.

»Ja, ja, mehr als das, erstaunlich, überwältigend. Ich weiß gar kein bezeichnendes Wort für sie, denn wie ich höre, gilt er für den besten Detektiv in London.«

»Ist er auch,« kam Doras prompte Antwort.

»Der beste männliche Detektiv,« fügte Phil hinzu.

»Ich wünschte, Sie und Norma redeten nicht solchen Unsinn. Ich weiß, daß ich ihm nicht gewachsen bin, außerdem habe ich Angst vor ihm, er ist so kaltblütig und ruhig. Dies sind erst seine ersten Schachzüge, ich wünschte, es wäre alles vorüber.«

»Ich meine, es ist schon so ziemlich alles vorüber, Sie haben ihn ja völlig matt gesetzt. Ich habe keine Ahnung, was er zunächst tun wird.«

»Auch ich nicht. Aber ich wünschte, ich wüßte es.«

»Aber Dora,« rief Norma dazwischen, »ich hab' dich doch noch nie ängstlich gesehen!«

»Ich hatte auch noch nie so viel Grund.«

»Beruhigen Sie sich, Miß Myrl. Noch bin ich nicht gehängt, und es wird auch wohl kaum so weit kommen, wenn Sie sich meiner annehmen.«

»Was wolltest du uns eigentlich erzählen, Phil? Als du kamst, sagtest du, du hättest uns etwas zu erzählen,« unterbrach ihn Norma, die, ohne eifersüchtig zu sein, es doch nicht liebte, wenn er sich viel mit Dora unterhielt.

»Ja, ich fing gerade mit meiner Erzählung an, als du mir ins Wort fielst. Na, ich beklage mich gar nicht, denn deine Geschichte ist viel interessanter als meine. Ich hatte gestern abend ein kleines Abenteuer. Erschrick nur nicht, denn mit unserm Versteckspiel mit Herrn Paul Beck hat es nichts zu tun. Es war nur ein nettes, harmloses kleines Abenteuer mit glücklichem Ausgang.«

»Du kannst dich in den Sessel da setzen und dir eine Zigarette anzünden, Dora hat nichts dagegen, und ich hab' es gern.«

Beim Anzünden der Zigarette ging es etwas umständlich zu. Dora wünschte sich aus dem Zimmer, und vielleicht teilten die beiden andern diesen Wunsch im stillen.

»Ich kam gestern abend ziemlich spät nach Haus —«

»Woher?«

»Du mußt mich nicht unterbrechen, Kleine. Du wolltest ja nicht mit ins Theater. Also ich ging ziemlich spät nach Haus und dachte —«

»An gar nichts,« rief Norma übermütig.

»Du brauchst nicht so eilig zu sein, denn ich dachte nicht an dich, sondern an Miß Myrl, wie klug und hübsch sie ist, als ein kräftiger Griff an meine Kehle mich fast umwarf.«

»O Phil, wie schrecklich!« Sofort war das Lachen in ihren Augen erloschen und ihr Gesicht erblaßt.

»Es hat mir nichts geschadet, Norma,« fuhr er rasch fort. »Ich packte den Kerl beim Arm und riß mich los. Er schrie auf vor Schmerz bei meinem Griff. Dann kam der zweite – es war noch einer da – mit einem Lebensretter; komisch, daß man das einen Lebensretter nennt. Ich duckte mich rasch und so verfehlte er sein Ziel; er hatte nicht Zeit, noch einmal loszuschlagen, denn plötzlich griff ein dritter ein. Zuerst glaubte ich, er gehöre dazu, bis ich sah, wie er den zweiten Kerl erst am Handgelenk und dann am Kragen faßte. Der stämmige Raufbold war wie ein kleines Kind in seinen Händen, er riß ihm seine Waffe aus der Hand, hob den ganzen Kerl in die Höhe und warf ihn auf seinen Genossen, so daß die zwei sich im Rinnstein überkugelten. Als sie wieder auf die Füße kamen, gaben sie schleunigst Fersengeld.

Die ganze Geschichte hat keine zehn Minuten gedauert. Als die beiden Räuber um die Ecke verschwanden, drehte sich mein neuer Freund ganz gelassen zu mir. ›Hoffentlich haben die Burschen Sie nicht verletzt?‹

›Nicht im geringsten,‹ sagte ich. ›Sie haben aber kurzen Prozeß mit ihnen gemacht.‹

›Diese Straßenräuber sind eine elende, feige Bande. Wenn ihr erster Griff an die Kehle oder das Niederwerfen mit dem Sandsack mißlingt, wagen sie sich nicht weiter. Sie hätten ganz gut allein mit ihnen fertig werden können, ich konnte aber dem Wunsch nicht widerstehen, einzugreifen, und habe dabei eine gute Zigarre eingebüßt. Haben Sie vielleicht Feuer?‹

Ich reichte ihm ein Zündholz, da bestand er darauf, daß ich mir auch eine von seinen Zigarren anstecke. Als ich ihm das brennende Hölzchen hinhielt, warf ich einen Blick in sein Gesicht. Ein ernstes, kluges Gesicht, ein Mensch, dem man vertrauen und gut sein kann; solch einen Menschen möchte man bei jedem Streit an seiner Seite haben.«

Dora hörte jetzt weit eifriger zu als im Anfang.

»Es fand sich, daß wir den gleichen Weg hatten, so gingen wir rauchend und plaudernd einige Straßen entlang. An einem Haus in der zweiten Querstraße von meiner Wohnung schloß er mit einem Drücker auf. ›Komisch, daß wir so nah beieinander wohnen,‹ sagte er da. ›Ich bin erst vor ein paar Tagen hergezogen. Kommen Sie auf fünf Minuten mit herein, ein Fingerhut voll Whisky wird uns beiden gut tun nach der Anstrengung von vorhin.‹

Es war ungefähr halb zwölf, aber als ich endlich fortging, war es fast halb zwei. Das lag nicht am Whisky, Norma, sondern an dem Mann selbst. Noch nie in meinem Leben bin ich mit einem angenehmeren Menschen zusammengetroffen. Er schien über alles orientiert zu sein, dabei so gar nicht überlegen. Und wie er erzählen kann! Noch nie hat ein Mann auf den ersten Blick einen solchen Eindruck auf mich gemacht. Man fühlt sofort, daß man ihm vertrauen kann! Mehr als einmal fühlte ich mich versucht, ihm meine Geschichte zu erzählen und ihn um Rat zu bitten.«

Dora warf hinter seinem Rücken Norma einen Blick zu mit einem ganz leisen, bedeutsamen Zwinkern, worüber Norma schuldbewußt errötete; ihr fiel ihr netter Tischherr ein, den sie auch beinahe zu ihrem Vertrauten gemacht hätte.

»Er hat mir versprochen, übermorgen bei mir zu frühstücken,« fuhr Armitage fort, ohne dies kleine Nebenspiel zu ahnen. »Willst du auch kommen, Norma? Und Sie auch, Miß Myrl? Ich weiß genau, er wird Ihnen beiden gefallen.«

»Ich werde dabei sein,« antwortete Dora sofort, und Norma versprach nach einigem Zögern ebenfalls ihr Kommen. »Ich bin überzeugt, daß er mir gefallen wird, Phil.«

»Ja,« fügte Dora trocken hinzu, »davon bin ich auch überzeugt.«

Als Armitage bald darauf fortging, begleitete ihn Norma zur Haustür, kam aber schneller als sonst zurück.

Sofort fragte Dora: »Nun, du weißt doch natürlich, wer sein netter Freund ist?«

»Ich? Wie sollte ich?«

»Na, dann bist du ein kleines Schaf. Phils mitternächtlicher Freund ist dein Freund von neulich beim Frühstück mit den berühmten Leuten und meiner aus dem Photographieabenteuer. Das ist doch klar genug. Aber bedenke nur die teuflische Klugheit dieses Mannes.« Ehrliche, unverhüllte Bewunderung sprach aus ihrer Stimme. »Natürlich war der ganze Überfall eine abgekartete Sache, um sich an Phil heranzumachen. Gerade so etwas führt zu plötzlicher Freundschaft. Ach, Norma, Norma, ich fürchte, diesem Manne bin ich nicht gewachsen. Du weißt, daß ich nicht ängstlich bin, hier aber fühle ich, daß ich es mit ihm nicht aufnehmen kann. – Na, na, na, kleiner Hasenfuß, so schlimm hab' ich es ja gar nicht gemeint; ich glaube sicher, daß alles gut wird, und weinen führt überhaupt zu nichts.«

»Ich kann nicht anders, Dora,« schluchzte die andre, »ich bin so unglücklich. Ich ängstige mich so sehr und merke wohl, daß Phil auch die Sache recht ernst nimmt, denn –«

»Denn was? Fahr fort, Norma. Du darfst vor mir keine Geheimnisse haben.«

»Du wirst mich nicht auslachen, Dora?«

»Gewiß nicht. Mir ist nicht lächerlich zumute.«

»Du meinst, daß Phil in Gefahr ist?«

»Nein. Ich meinte nur, daß ich nicht lache, wenn du weinst, aber ich möchte wissen, warum du weinst.«

»Er ist nicht mehr, wie er früher war.«

»Ist das alles? Er ist sehr lieb mit dir, so weit ich es beurteilen kann, und wenn ich einen Verlobten hätte, würde ich ihn mir gar nicht anders wünschen.«

»Sei du erst mal in meiner Lage. Früher sprach er beständig von unsrer baldigen Hochzeit, jetzt erwähnt er nie mehr etwas davon. Ich habe natürlich keine Eile –«

»Aber man mag sich gern ein wenig bitten lassen. Norma, ich glaube, ich kann dir sagen, weshalb er dich nicht beschwört, ihn morgen oder spätestens übermorgen zu heiraten. Wer ihn wie ich oft ganze Abende beobachten konnte, würde an seiner Sehnsucht nach dir nicht zweifeln. Aber er ist ängstlich.«

»Wer, Phil?«

»Ja, er sorgt sich deinetwillen; er will nicht, daß du einem Sträfling angehörst, und das gefällt mir an ihm. Du brauchst mich nicht so entsetzt anzustarren. Bedenke doch, du bist ein erwachsener Mensch und kein schreckhaftes Kind. Du weißt, daß seine Feinde ihm auf der Spur sind und daß er bestraft wird, wenn sie ihn fassen. Wir beide finden ja, daß er recht handelte, aber das Gesetz stellt sich auf einen andern Standpunkt.«

»Ach, Dora, meine einzige Hoffnung bist du.«

»Ich werde mein Möglichstes tun. Wenn sich dieser Herr Beck nicht der Sache angenommen hätte, wäre es ein leichtes, mit dem Schuft von Lamman fertig zu werden, der, nebenbei gesagt, es auch einmal auf mich abgesehen hatte. Aber jetzt liegt Beck auf der Lauer, und das gefällt mir nicht.«

»Bist du denn sicher, daß er es ist?«

»Ganz sicher. Ich sehe deutlich seine Hand in dem Straßenüberfall und muß nun herausfinden, was er vorhat. Norma, du mußt mir ein Zeugnis ausstellen.«

»Ich weiß nie, was du eigentlich im Sinne hast, Dora. Nicht fünf Minuten kannst du ernsthaft bleiben.«

»Ich bin völlig ernsthaft. Ich will mir eine neue Stellung suchen, verstehst du? – und dazu brauche ich ein Zeugnis. Ungefähr so: ›Jane Morton – der Name ist gut – war drei Jahre in meinem Hause und hat mir stets ehrlich und treu gedient. Sie ist sehr sauber und willig zu jeder Arbeit. Sie verläßt mich auf ihren eigenen Wunsch.‹ Was meinst du, wird mich Phils Haushälterin daraufhin engagieren?«

Norma rief überrascht: »Phils Haushälterin?«

»Ich verstehe nicht, was heut in dich gefahren ist, Norma. Siehst du denn nicht ein, daß ich am Platze sein und Paul Beck im Auge behalten möchte. Er hat mich hier als Hausmädchen gesehen und wird glauben, ich habe meinen Dienst gewechselt. Du mußt natürlich Mr. Armitage einweihen.«

Norma antwortete nicht.

»Du brauchst absolut nicht eifersüchtig zu sein,« sagte Dora nach einer Weile ruhig.

Norma errötete schuldbewußt, sie war sich über ihr Gefühl nicht eher klar geworden, bis Dora es beim Namen nannte.

»Ich werde nicht mit ihm flirten, Norma, das verspreche ich dir; außerdem wäre es verlorene Liebesmüh, denn ihm liegt mehr an deinem kleinen Finger, als an meiner ganzen Person, also sei nicht albern.«

»Ich tue natürlich alles, was du für gut hältst, Dora.«

»Es wird am besten sein, du sagst Phil nichts über Onkel Pauls wahre Persönlichkeit, sondern nur, daß du mir den Auftrag erteilt habest, ihn allerorten zu überwachen. Darüber wird er lachen und die Sache wie einen guten Witz behandeln, und wenn er sich dabei amüsiert, ist es ja gut.«

So kam es, daß Paul Beck bei dem Frühstück bei Armitage von demselben hübschen, unschuldigen Hausmädchen bedient wurde, das er bei seinem unverhofften Besuch in Miß Lees Hause gesehen hatte. Mit viel Verdruß gewahrte er, daß Armitage, der doch mit einem andern Mädchen verlobt war, mit seinem neuen Hausmädchen auf recht vertrautem Fuß zu stehen schien und daß sie ihn spröde abwehrte und es vermied, seinen lächelnden Blicken zu begegnen.

Das mißfiel Paul Beck ganz außerordentlich und rief ihm ins Gedächtnis zurück, was Lamman ihm von Armitage erzählt hatte, und verstärkte seinen Wunsch, den jungen Wüstling unschädlich zu machen.

Zwölftes Kapitel
Blinder Alarm

Von seinem inneren Groll ließ Beck nichts merken; er schien so aufrichtig, freundschaftlich und gut gelaunt, daß Armitages Vorliebe und Bewunderung für seinen Retter täglich zunahm.

Diese einseitige Freundschaft führte zu sehr vertrautem Verkehr, und mehr als einmal, wenn sie plaudernd und rauchend zusammensaßen, fürchtete Dora bei ihrem Aus- und Eingehen zu hören, daß Phil seinem wachsamen Feinde sein Herz ausschütte.

Sie fühlte, daß Beck mehr als je das Bestreben hatte, seine Beute zu erwischen, und mit dem feinen weiblichen Instinkt, der den Männern abgeht, empfand sie, daß ein persönlicher Widerwille gegen Armitage diesen Wunsch unterstützte.

Schwül und drückend lastete die Gefahr auf ihr; sie war stets auf der Hut, achtete auf jedes Wort und auf jede Bewegung Becks. Trotz ihrer Wachsamkeit war es der Zufall – oder vielmehr Armitages Nachlässigkeit, was sie vor einem erneuten Vorstoß warnte.

Als sie eines Tages ihren Tee bei Norma Lee getrunken hatte und auf ihrem Rad zurückkehrte, sah sie noch, wie eine Droschke von Armitages Wohnung fortfuhr. Ein heißer Schreck durchzuckte sie, und in rasendem Tempo langte sie vor dem Hause an, schob ihr Rad rasch hinter das Gitter des kleinen Vorgartens, öffnete mit ihrem Drücker und ging sofort in das Eßzimmer. Sie wußte, daß Armitage beabsichtigt hatte, zu Hause zu essen, und dies war seine Essenszeit. Als sie das Zimmer leer fand, erschrak sie, fand aber eigentlich nur ihre Ahnung bestätigt. Ihr scharfer Blick gewahrte sofort eine gewisse Unordnung. Der Stuhl stand halb im Zimmer, die Gabel lag auf dem Tischtuch und die Serviette auf dem Fußboden.

Er war augenscheinlich bei Tisch abgerufen worden und war dem Ruf sofort gefolgt, aber wie und von wem? Das war sicher eine Falle; aber womit hatte man ihn geködert?

Ihr Blick fiel auf ein zusammengeknülltes Papier, das Armitage achtlos neben seinem Teller hatte liegen lassen. Sie griff danach und glättete es auf dem Tischtuch.

Welche Enttäuschung! Der Brief war in unleserlichen Chiffres geschrieben, nur die Adresse war zu lesen, »Macklins Privathotel, Rodolph Row 37«.

Ihre Gedanken arbeiteten mit rasender Schnelligkeit, um hier einen Ausweg zu finden. Vielleicht war das Lammans Geheimschrift; die kannten wenigstens drei Leute – Lamman, Armitage und Thornton, vielleicht auch Beck. Der Brief hatte Armitage zu großer Eile bewogen, das hätte kein Brief von Lamman oder Beck fertig gebracht, wohl aber einer von Thornton. Jetzt ging ihr ein Licht auf. Man hatte ihm eine gefälschte Botschaft von Thornton geschickt, darauf würde er wohl gleich anbeißen. Und er hatte angebissen. Wohin? Die gedruckte Adresse auf dem Briefbogen gab ihr einen Wink, dem sie sogleich folgen wollte. Diese Gedanken waren ihr wie sausend durch den Kopf geflogen, und kaum hatte sie den Brief gelesen, so stopfte sie ihn auch schon in die Tasche und flog die Treppe hinunter. Ihr Rad hatte eine sehr hohe Übersetzung, und wie ein Vogel schoß sie davon. Auf jeden Fall mußte sie ihn erreichen, ehe er ahnungslos in diese Falle ging.

Dora kannte London wie ein Kaninchen seinen Bau, sie hatte einen stark ausgeprägten Ortssinn. Das ganze Straßenlabyrinth lag wie auf einer Karte vor ihrem inneren Auge. Wie ein Droschkenkutscher kannte sie die Straßen, die breiten und leeren, und die engen und sehr belebten, auch wußte sie, wo es bergauf und wo es bergab ging. Die Strecke, die Armitages Droschke durchfahren mußte, um von Tite Street bis Rodolph Row zu gelangen, lag klar vor ihr. Sie mußte ihn einholen, und sich tief über die Lenkstange neigend sauste sie auf ihrem Rad dahin.

Eine ganze Weile hatte sie glatte Fahrt. Die Straßen waren breit, leer und mit Holz gepflastert. Sie wußte, welch einen Vorsprung die Droschke hatte und wo es ihr vielleicht gelingen könnte, sie zu überholen. Es war ihr ein Trost, wenn sie einen schnellfahrenden Hansom hinter sich ließ. Bald aber geriet sie in die verkehrsreiche Victoria Road und befand sich in einem rauschenden Strom von Gefährten aller Art; sie fuhr im Zickzack, bald rechts durch eine Lücke, dann wieder zur Linken; es war eine gefährliche Fahrt und es gehörten sowohl Doras sicherer Blick wie ihre starken Nerven dazu. Glücklich gelangte sie bis Westminster. Whitehall hinauf hatte sie wieder freie Bahn. Trotz der erhobenen Hand eines Polizisten tauchte sie in den Wirbel des Strand, aber gleich hinter Charing Croß fühlte sie sich völlig eingekeilt, und es war ebenso unmöglich, vorwärts oder rückwärts auszuweichen, wie rechts oder links. Nun zum erstenmal, aber nur einen Augenblick, wollte ihr der Mut sinken. Sofort kam der tröstliche Gedanke, daß sein Wagen sich hier ebenfalls festgefahren haben müsse. Als die Fuhrwerke sich im Schneckentempo wieder in Bewegung setzten, drang sie allmählich bis zum Trottoir vor, sprang vom Rad und begann auf dem Fußsteig neben ihrem Rad entlang zu laufen.

Es ist erstaunlich, was man einem hübschen jungen Mädchen alles verzeiht; ein Mann würde von der Menge mißhandelt werden, wenn er etwas derartiges versuchte. Ihre Bitte um Entschuldigung nahmen die Fußgänger freundlich auf und machten ihr tatsächlich Platz. Als sie sich dem Ende der Straße näherte, sah sie einen Wagen, der sich ungeduldig aus der Menge herauszuarbeiten suchte.

Ihre Augen hatten alle Wagen im Vorbeieilen durchsucht, aber Armitage in keinem gefunden; dieser eine Wagen entkam, ehe sie einen Blick hatte hineinwerfen können. Im nächsten Moment war auch sie wieder auf der Straße und sauste dem entfliehenden Hansom nach, dessen Tempo verriet, daß der Insasse doppelten Fahrlohn versprochen hatte. Es gab aber in London kein Pferd, das es mit Dora auf ihrem Rade aufgenommen hätte. Langsam verringerte sich die Entfernung zwischen ihr und dem Hansom, und als sie auf die gleiche Höhe gekommen war, schloß sie einen Moment in banger Erwartung die Augen. Sie fuhr jetzt direkt neben dem Fenster, und als sie den Blick hob, sah sie das scharf geschnittene Profil des jungen Armitage. Die Hände auf die Krücke des Regenschirms gestützt, kerzengerade aufgerichtet und scharf voranspähend, war er ein Bild namenloser Ungeduld. Dora klingelte wie närrisch, doch trug ihr das keinen Blick von ihm ein. Darauf holte sie ein loses Geldstück aus der Tasche und warf es gegen das Fenster. Das Klirren erweckte ihn aus seiner Versunkenheit, und ein Ausruf der Überraschung entfuhr ihm, als er Dora ganz leicht und anmutig neben dem wippenden Hansom dahingleiten sah. Sie machte ihm ein Zeichen anzuhalten. Er klopfte an die Klappe und der Wagen zottelte an den Kantstein. Sofort war das Rad an seiner Seite. Armitage öffnete den Schlag und rief: »Was gibt es, Dora, sagen Sie schnell. Ich bin in wahnsinniger Eile. Es geht ja auf Tod und Leben.«

Jetzt war aber Dora nicht mehr in Eile. Sie tat ein paar tiefe Atemzüge und fuhr sich mit einem dünnen Spitzenläppchen über das erhitzte Gesicht.

»Sie haben einen Brief vergessen,« sagte sie gleichmütig, »den wollte ich Ihnen nachbringen.«

»Und Sie kamen den ganzen Weg, nur um mir den Brief zu bringen? Das ist ja nicht möglich.«

»Ich weiß, daß es ein höchst wichtiger Brief ist,« sagte sie und zog den Brief heraus.

»Der? Wissen Sie, was darin steht? Nein, das können Sie ja nicht wissen.«

»O doch! Es ist in Geheimschrift die Mitteilung Ihres amerikanischen Freundes, daß er sich in großer Gefahr befindet und Sie bittet, sofort zu ihm zu kommen.«

»Aber wie um alles in der Welt konnten Sie das erraten?«

»Ich habe noch mehr erraten,« antwortete sie ruhig, »den Brief hat nicht Ihr Freund geschrieben, sondern Lamman, und Paul Beck steckt dahinter. Das ganze ist eine Falle, mein harmloser Freund.«

»Aber warum, wieso?«

»Ja, verstehen Sie denn nicht, daß Ihre Kenntnis der Geheimschrift gegen Sie zeugen würde? Auch hofft man wohl noch auf weitere Zugeständnisse von Ihnen.«

»Das glaube ich nicht. Wie könnten denn die beiden um meine Freundschaft mit Thornton wissen?« fragte er ungeduldig.

»Bitte, geben Sie mir jetzt keine Rätsel auf! Woher wissen denn die beiden, daß Sie als Littledale das Telegramm gefälscht haben? Woher weiß Beck so ziemlich alles, was er wissen will? Das kann ich Ihnen ebenfalls nicht sagen und doch ist es so.«

Armitage war nicht überzeugt. »Es war außerordentlich lieb von Ihnen, mir so nachzujagen. Ich verstehe ebenso wenig, wie Sie das fertig brachten, als wie Sie erraten konnten, was in dem

Briefe stand. Sie sind ein Weltwunder! Und höchst wahrscheinlich haben Sie recht mit dem Brief, immerhin besteht doch auch die Möglichkeit, daß Thornton wirklich in Verlegenheit ist und meiner bedarf.«

»Mr. Thornton ist in New York. Was könnte er denn von Ihnen wollen?«

»Das weiß ich nicht, aber –«

»Aber Sie wollen Beck blind in die Falle laufen?«

»Durch Sie gewarnt, werde ich auf meiner Hut sein.«

»So wollen Sie doch hingehen?«

»Ja,« erwiderte er etwas gedehnt, »wenn Sie nichts dagegen haben?«

»Ich habe sehr viel dagegen. Ich lasse Sie nicht gehen. Ich hänge mich an Ihren Rock, um Sie festzuhalten. Bedenken Sie, daß Norma Sie meiner Obhut anvertraut hat; ich will dies Vertrauen rechtfertigen.«

Armitage fand sie besonders hübsch in ihrer Aufregung; wie animiert und entschlossen sie aussah, als sie ihm halb im Ernst und halb im Scherz mit physischer Kraft drohte. Obwohl er zugeben mußte, daß vieles für ihre Auffassung sprach, war er doch im Herzen davon überzeugt, daß Thornton den Brief geschrieben hatte und seiner bedürfe. Er müßte ja ein erbärmlicher Wicht sein, wenn er den Freund im Stich ließe.

Die scharfen blauen Augen lasen ihm die Gedanken von der Stirn, und Dora ging sofort von der Drohung zur flehentlichen Bitte über.

»Tun Sie, was Sie wollen,« sagte sie. »Alles, um was ich bitte, ist nur ein kurzer Aufschub. Dem Hotel gegenüber ist ein kleines Restaurant – Jammet. Ich sterbe geradezu vor Hunger und Durst und ich finde, Sie schulden mir ein Diner nach der Fahrt, die ich, ob mit Recht oder Unrecht, in Ihrem Interesse unternahm. Lassen Sie uns da hineinschlüpfen und uns am Fenster einen Tisch nehmen, wo Sie die Hoteltür im Auge behalten können. Wenn nicht Lamman oder Beck, vielleicht auch beide, das Hotel verlassen, bevor wir unser Mahl beendet haben, so will ich zugeben, daß ich mich geirrt habe, und Sie können Ihrem Freund zu Hilfe eilen. Sind Sie einverstanden? Ich bin wirklich grausam hungrig und allein kann ich natürlich nicht dorthin gehen. Eine Mahlzeit bei Jammet ist aber wie ein schöner Traum, das weiß ich aus Erfahrung.«

Noch immer zögerte er.

»Wenn Ihr Freund in dem Hotel ist,« suchte sie ihn weiter zu überreden, »so kann er nicht fortgehen, ohne daß Sie ihn sehen. Sie glauben doch nicht, daß er etwa ermordet wird, während wir gegenüber speisen?« Die blauen Augen hoben sich mit eindringlichem Flehen zu den seinen. »Sagen Sie ›Ja‹, ich bin so hungrig.«

Da gab er den Widerstand auf. Sie hatten auf dem Fußsteig miteinander verhandelt, während der Kutscher mit gutmütigem Lächeln wartend auf sie heruntersah. Nun zahlte Armitage ihm die doppelte Taxe und mit einem »Vielen Dank und viel Vergnügen!« fuhr er strahlend davon.

Armitage schob Doras Rad, während sie ihm den Weg zu dem gar nahen Restaurant zeigte. Er hatte keine Ahnung gehabt, wie nahe er seinem Ziel gewesen war. In sieben Minuten kamen sie zu dem Seiteneingang des Restaurants Jammet. Durch die breiten Fenster an der Straße hatte man einen vollen Blick auf den Eingang des Hotels, über dem »Macklin« in vergoldeten Buchstaben prangte.

Armitage setzte sich mit dem Gesicht nach der Straße, und Dora ihm gegenüber begann sich sogleich in das Menu zu vertiefen. Sie kannte dies Lokal recht gut, hatte häufig mit Bekannten hier gefrühstückt oder zu Abend gegessen; es war ja ein bißchen abgelegen, dafür aber ruhig und anheimelnd, außerdem gab's hier die beste Küche und die feinsten Weine. Die Räume waren sehr einfach, dagegen aber Gedeck, Geschirr und Gläser von kostbarster Feinheit.

Dora spielte einige Minuten mit dem Menu. »Haben Sie einen besonderen Wunsch?« fragte sie. »Nein? Dann werde ich bestellen, und Sie werden bezahlen – damit wir beide beschäftigt sind.«

Sie stellte ein exquisites kleines Diner zusammen und weigerte sich energisch, dieses Göttermahl durch trockenen Sekt zu entweihen. Sie bestellte einen schweren alten Rheinwein, der wie flüssiges Gold in den Gläsern funkelte. – –

Langsam schälte sie sich einen Pfirsich und nippte an ihrem Wein, ohne Armitages Ungeduld zu beachten.

»Jetzt dürfen Sie rauchen; Sie bekommen vorzügliche türkische Zigaretten hier.«

»Danke,« antwortete er etwas kurz, »ich mag jetzt nicht rauchen.«

Er leerte hastig sein Glas und streckte die Hand aus, um sich wieder einzuschenken, blieb aber mit der Hand am Hals der Flasche unbeweglich sitzen.

Zwei Herren verließen das Hotel gegenüber. Der eine war Lamman, den Hut tief ins Gesicht gedrückt; der andre ein dicker, rosiger Geck mit dummem, gutmütigem Gesicht.

Als sie über den Fahrdamm schritten, hatte Armitage einen Moment die Empfindung, als ob Lamman sein Gesicht am Fenster erkannt habe und erschrocken sei; der andre aber nahm in diesem Augenblick Lammans Arm und schien ihm einen Scherz zuzuflüstern, denn sein bis dahin finsteres Gesicht erheiterte sich, und beide lachten herzlich und gingen ohne einen weiteren Blick nach dem Fenster vorüber.

Während Armitage hinausstarrte, beobachtete ihn Dora scharf und las die ganze Begebenheit aus seinen Mienen.

»Nun,« fragte sie mit spöttischem Lächeln, »sind Sie jetzt zufrieden?«

»Ich bitte Sie herzlich um Verzeihung, Miß Myrl, Sie hatten wieder einmal recht. Es war eine Falle, doch –«

»Doch wünschen Sie sich völlig davon zu überzeugen, daß Ihr Freund sich nicht in Verlegenheit befindet. Dagegen habe ich nichts mehr einzuwenden. Zahlen Sie erst für unser Diner – ich glaube, Sie haben noch nie ein besseres, aber auch kein teureres gegessen – und dann gehen wir hinüber und fragen.«

»Nein, ein Mr. Thornton wohnt nicht im Hotel,« sagte ihnen der Portier, »aber zwei Herren, die erst vor kurzem fortgingen, aßen in einem der Privatzimmer und gaben mir den Auftrag, wenn jemand nach Mr. Thornton fragen sollte, ihn sofort hinaufzuführen. Sie sind wohl der erwartete Herr? Ihre Freunde waren sehr enttäuscht, Sie verfehlt zu haben.«

»Das glaube ich gern,« murmelte Dora, als sie wieder auf der Straße waren. »Aber sagen Sie mir, Mr. Armitage, hatte der zweite liebenswürdige Herr einige Ähnlichkeit mit Ihrem Retter, Mr. Peter Baxter?«

»Nicht im entferntesten,« rief Armitage, vielleicht innerlich erfreut, daß Dora mit ihren Ideen diesmal völlig auf falscher Fährte war. »Er sah ganz anders aus.«

»Dann bin ich erst recht überzeugt, daß er es war,« dachte diese scharfsinnige junge Dame bei sich.

Dreizehntes Kapitel
Tischrücken

»Dieser neue Streich war Lammans alleiniges Verdienst,« vertraute Phil Norma an bei einem traulichen Tete-a-tete in seinem Salon. »Der andre sah zu dumm aus. Deine kluge kleine Freundin Dora hielt ihn für Peter Baxter in einer Verkleidung. Immer kann Sie ja nicht recht haben, aber ein seltenes Menschenkind ist sie sicher. Ohne sie wäre ich glatt in diese Falle gegangen. Sie ist das klügste und das tapferste Mädel, das ich je kennen lernte.«

»Und das hübscheste? Phil, sag es mir ehrlich, findest du sie nicht entzückend hübsch?«

»Ach ja, sie sieht ganz gut aus.«

»Ganz gut! Es gibt überhaupt keine zweite wie sie. Aber so seid ihr Männer, scheut euch stets, ein Mädchen in Gegenwart eines andern zu loben; ihr meint, wir sind alle eifersüchtige Gänse.«

»Es gibt schon ein Mädchen, das ich ohne Scheu vor jedermann herausstreiche.«

»Ich glaube dir ebenso wenig, wenn du sagst, daß ich hübsch bin, als wenn du sagst, daß Dora häßlich ist.«

»Das habe ich nicht gerade gesagt; ich meinte nur im Vergleich –«

»Ach, Vergleiche sind häßlich.«

»In diesem Fall wohl nicht; denn die eine ist schön, und die andre sieht ziemlich gut aus.«
Vielleicht war Norma mit diesem Vergleich doch nicht ganz unzufrieden. Sie verfolgte das Thema nicht weiter.

»Dora schwört darauf, daß Paul Beck auch bei der letzten Sache seine Hand im Spiel gehabt habe,« fuhr sie fort; »sie meint, daß nur er auf die Idee verfallen könne. All ihre Gedanken sind bei Paul Beck, Phil.«

»Oder ihr Herz.«

»O nein! Sie würde es nicht eingestehen und darüber lachen, wenn sie wirklich verliebt in ihn wäre. Sie schwört nämlich feierlich, daß er der einzige Mann sei, in den sie sich jemals verliebt habe, deshalb ist es sicher nicht wahr, aber sie sieht ihn überall und in allen möglichen Menschen. Soll ich dir ein Geheimnis verraten, Phil?«

»Wenn du willst.«

»Das ist wieder so recht, wie ihr Männer seid; während du rasend neugierig bist, sagst du, ›wie du willst!‹ Du darfst aber keiner Seele etwas verraten, denn ich versprach Dora fest, es nicht zu erzählen.«

»Dann tue es lieber nicht.«

»Dir kann ich es ruhig anvertrauen, denn du wirst ihr doch nicht verraten, daß ich es dir erzählt habe. Sie glaubt, daß dein Freund und Retter, der heute abend herkommt, um uns in den Spiritismus einzuweihen, kein andrer ist als Paul Beck in einer andern Verkleidung.«

»Du willst dich wohl über mich lustig machen?«

»Es ist mir voller Ernst und ihr ebenfalls.«

»Aber das ist ja verrückt,« rief Phil aufgebracht, »ich hätte es nie für möglich gehalten, daß ein so kluges Mädchen auf so verrückte Gedanken kommen kann. Sie zeigte mir eine Photographie von Paul Beck, und die beiden haben nicht die geringste Ähnlichkeit. Baxter ist ein kluger Kerl, aber offenherzig wie ein Kind. Der ist so wenig ein Detektiv, wie ich ein Erzbischof.«

»Vielleicht bist du ein verkleideter Erzbischof,« neckte Norma.

»Warte, das ist eine Verleumdung, dafür muß ich mich rächen.«

»Nicht doch, Phil, wie kannst du nur. Tante muß gleich hier sein. Ich weiß gar nicht, wo sie so lange bleibt.«

»Mein neues Hausmädchen, die gute kleine Dora, sorgt wohl für sie. Tantchen macht sich sicher oben noch schön, und wir haben noch fünf Minuten für uns.«

»Mrs. Pye,« verkündete das neue Hausmädchen von der Tür her, und eine altmodische ältere Dame mit freundlichem Gesicht, in schwerer Brokatseide, ein schwarzes Spitzenhäubchen auf dem schneeweißen Haar, kam rasch durch das Zimmer getrippelt.

»Wie geht es Ihnen, Mr. Armitage? Ich muß wegen meiner Verspätung um Entschuldigung bitten. Mein Häubchen wollte gar nicht sitzen, und ohne Ihr gefälliges, nettes Mädchen wäre ich nie fertig geworden. Es war sehr freundlich von Ihnen, Norma und mich auch zu bitten. Ich glaube fest an den Spiritismus, und nichts macht mir mehr Vergnügen als eine Séance.«

»Aber bestes Tantchen, Mr. Baxter behauptet gar nicht, Spiritist zu sein; er gesteht, daß die ganze Sache nur auf Täuschung hinausläuft.«

»Er ist nicht das erste Medium, das auf solche Weise Ungläubige zu bekehren sucht. Mit solchen Reden bin ich gar nicht einverstanden, dazu ist mir die Sache viel zu heilig.«

»Hier haben wir den Sünder selbst,« erwiderte Armitage, als der lächelnde Mr. Baxter mit einem kleinen runden Tisch unter dem Arm in der Tür erschien. Er setzte das Tischchen sofort nieder und begrüßte die Damen und den Wirt.

»Sie müssen entschuldigen, Armitage,« sagte er, »daß ich meinen eigenen Tisch mitbringe. Es ist ein Zaubertisch, den mir ein guter Freund einmal vermacht hat.«

Er rückte das Tischchen mit den Klauenfüßchen in die Mitte des Zimmers; äußerlich schien es nichts Besonderes an sich zu haben, war von dunklem Nußbaum, mit stumpfer, nicht polierter Platte.

Die alte Dame zitterte vor Aufregung, völlig überzeugt, ein Medium vor sich zu haben, das seine geheimnisvolle Macht verleugnete, um dann um so größere Wirkung zu erzielen.

»Wollen wir gleich die Sitzung beginnen?« fragte sie eifrig.

»Ich fürchte mich vor der ganzen Geschichte,« sagte Norma, »ich möchte nicht daran teilnehmen.«

»Sei nicht albern, liebes Kind,« wendete die Tante ein, »Spiritismus ist eine Religion; unser Verkehr mit der andern Welt eine Art religiöser Andacht. Ich glaube fest, daß die Geister, die Mr. Baxter herbeizitieren wird, wohlwollend und gesprächig sein werden. Es ist unsre Pflicht, uns über unser zukünftiges Leben zu unterrichten, so viel wir können.«

»Mein verehrtes, gnädiges Fräulein,« sagte Baxter, »Sie brauchen keine Angst zu haben. Es ist nur ein guter Beschwörungstrick, den ich Ihnen zeigen möchte. Ich bin ebensowenig wie Sie selbst der Mann, der da glaubt, daß die abgeschiedenen Seelen nichts Besseres zu tun haben, als mit Möbelstücken um sich zu werfen oder törichte Antworten auf törichte Fragen mit dem Tisch abzuklopfen.«

Mrs. Pye war nicht beleidigt; sie verstand ihn wohl, er wollte auf die alberne Nervosität ihrer Nichte beruhigend wirken.

»Mr. Baxter,« flüsterte sie ihm zu, »ich bin überzeugt, daß Sie ein wahres, ehrliches Medium sind.«

»So ehrlich wie der beste unter ihnen,« erwiderte er in demselben Flüsterton, und mit dieser Antwort war sie ganz zufrieden.

Auch ihre Nichte war beruhigt. »Wenn keine Geister erscheinen,« sagte sie, »fürchte ich mich nicht vor dem Tisch.«

»Lassen Sie uns anfangen,« bat Mrs. Pye.

»Noch einen Augenblick, verehrte Frau,« antwortete Baxter und schob mit Hilfe des neuen Hausmädchens die Möbel beiseite, um den Teppich für die Bewegungen des Tisches frei zu machen.

Norma stieß einen Schrei aus, als plötzlich das elektrische Licht erlosch und in dem eben noch hellerleuchteten Zimmer plötzlich tiefe Dunkelheit herrschte. Mr. Baxter drückte nun auf den Knopf einer kleinen elektrischen Taschenlampe, und ein heller Lichtstrahl schien durch das Dunkel, als er die Lampe am andern Ende des Zimmers auf das Klavier setzte. In dem großen Raum herrschte jetzt ein mattes Dämmerlicht, das noch gespenstischer wirkte als die vollkommene Dunkelheit.

Die vier nahmen ihre Plätze um den Tisch ein, drückten die Finger und Daumen auf die Oberfläche und warteten. Aus dem dunklen Hintergrunde beobachtete das neue Hausmädchen alle Vorgänge mit stiller Neugier.

Armitage bemerkte wohl, als er seine Finger auf die Tischplatte drückte, daß diese mit etwas Weichem und Klebrigem bestrichen war und dachte sich, das gehöre zum Spiel.

Als ihre Augen sich an das Halbdunkel gewöhnt hatten, vermochten sie klar zu sehen, daß alle vier ruhig auf ihren Plätzen blieben, auch die Hände nicht von dem Tisch nahmen, der allmählich zu zittern anfing und sich auf eine der drei Klauen stellte.

»Die Geister sind in der Nähe,« flüsterte Mrs. Pye halb entsetzt und halb begeistert; »sprechen Sie bitte mit ihnen, Mr. Baxter.«

»Wer ist da?« fragte Baxter in so geschäftsmäßigem Ton, als habe jemand an die Tür geklopft. Der Tisch klopfte langsam in der üblichen Weise. »Nathanael Pye.«

Nun wurde Mrs. Pye sehr erregt. »Fragen Sie ihn, ob er glücklich ist.«

Ohne diese Frage von Baxter abzuwarten, begann der Tisch sofort wieder zu klopfen: »War noch nie so glücklich.«

»O, wie froh bin ich,« flüsterte die alte Dame, »mein armer guter Nathanael. Fragen Sie ihn, ob er mich noch ebenso lieb hat wie früher.«

Diesmal wartete Nathanael, bis Baxter die Frage wiederholt hatte, zögerte dann noch einen Augenblick und klopfte: »Mehr als je – viel mehr.« Danach kam noch ein besonderes Schlußpochen, das man wohl für ein geisterhaftes Kichern nehmen konnte.

Jetzt schien aber der Tisch das gute Betragen satt zu haben, denn nun wurde er wild, hob sich bald auf das eine Bein, bald auf das andre, und begann im Zimmer herum zu rasen, so daß die vier zu schnellem Laufen gezwungen wurden; plötzlich aber wurden ihre Hände von dem Tisch abgestoßen, der nun noch eine Weile allein weitertanzte, genau im Takte der von Baxter gesummten Melodie. Als in einer Ecke eine Klingel ertönte, schoß der Tisch auf seinen Platz zurück, und alle sahen, wie von der Decke ein Papier darauf niederfiel. Nun wurde das Zimmer wieder erhellt, und da sah man auf dem Papier mit kühn geschwungenen Buchstaben die beiden Worte »Gute Nacht«, an denen die Tinte noch nicht trocken war.

»Die Geister sind zur Ruhe gegangen,« sagte Baxter.

Die kleine Gesellschaft befand sich in angenehm gruseliger Erregung. Phil und Norma drangen in Baxter, ihnen das Geheimnis zu erklären, doch speiste er sie mit Redensarten und Ausflüchten ab. Zu Armitage sagte er: »Mein Tisch kann noch ganz andre Dinge ausführen, wie ich Ihnen vielleicht später einmal zeigen werde. Durch Erklärungen verdirbt man den Haupteffekt.«

Mrs. Pye lächelte überlegen, sie brauchte keine Erklärung; alles war ja so klar.

Baxter wollte sich sofort empfehlen, aber davon wollte sein liebenswürdiger Wirt nichts hören. »Wenn Sie jetzt schon gehen,« sagte er, »so konfisziere ich den Tisch und nehme ihn auseinander, um hinter Ihre Schliche zu kommen. Wir wollen noch ein bißchen Abendbrot essen, darauf müssen Sie warten.«

Baxter ergab sich wie immer in bester Laune und machte nur die eine Bedingung, daß niemand den Tisch anrühre.

Um auf diesen Scherz einzugehen, zogen sich alle in eine Ecke des Zimmers, möglichst weit von dem kostbaren Tisch zurück. Niemand bemerkte, daß auf seiner Oberfläche die Fingerabdrücke der verschiedenen Hände hafteten. Vielleicht war es dem Hausmädchen aufgefallen. Jedenfalls, als sie mit dem Teegeschirr auf silbernem Tablett hereinkam, mußte sie dicht an dem Tisch vorüber, stolperte über die Ecke des Teppichs und konnte gerade noch das Teegeschirr retten, nur der Topf mit dem heißen Wasser kippte und ergoß seinen Inhalt über den Tisch.

Mit einem leisen Schreckensschrei setzte sie das Teebrett auf den Boden, zog ein großes Taschentuch aus der Schürzentasche und begann, den Tisch mit voller Kraft abzureiben und zu polieren.

Bei ihrem Schrei hatten sich alle umgewandt und sahen das Unglück. Wohl eine Sekunde lang umschattete sich das freundliche Antlitz des Mr. Baxter, aber im nächsten Augenblick lächelte er wieder.

Er selbst tröstete das hübsche kleine Hausmädchen, die ganz außer sich war über ihre Ungeschicklichkeit. »Es hat ihm nichts geschadet, Kleine,« sagte er herzlich, »ich finde sogar, daß er so poliert viel besser aussieht.«

Den Rest des Abends, auch während des Abendbrotes, war er die Seele der Gesellschaft, erzählte Anekdoten und Witze und spielte die Begleitung zu den irischen Liedern, die Norma mit vielem Gefühl sang.

Mrs. Pye erzählte ihm einige nette Erlebnisse des entschlafenen Nathanael, und Norma gestand später, daß sie sich glatt in ihn verliebt habe und nicht begriffe, wie ein so verständiges Mädchen wie Dora diesen gutmütigen, ehrlichen Menschen für einen verkappten Detektiv halten könne.

Armitage war sehr entzückt über den guten Eindruck, den sein Freund hinterlassen hatte, und tat sich nicht wenig zugute auf seine Menschenkenntnis. Alle sangen Baxters Lob, nachdem er mit dem Zaubertischchen unter dem Arm fortgefahren war, und das neue Hausmädchen lauschte ernsthaft ihren Worten.

Als aber Baxter sich wieder in seiner Wohnung befand, setzte er seinen kostbaren Tisch mit einem lauten Krach nieder und betrachtete kummervoll die glänzende Platte.

»Was für ein unglückseliger Zufall,« murmelte er vor sich hin, »Paul, mein lieber Junge, dem Glück hat sich anscheinend lange Ferien genommen; hoffentlich kommt es bald zurück.«

Vierzehntes Kapitel
Eine Warnung

Zahnweh wird als ein schlechter Witz von solchen Leuten angesehen, die nie mit dieser Qual Bekanntschaft gemacht haben. Ein Zahnarzt gilt häufig als komische Person, und über das Zahnziehen erzählt man sich drollige Geschichten. Aber Phil Armitage fand die Zahnschmerzen, die ihn eine ganze lange Nacht hindurch plagten, nichts weniger als amüsant. Er hatte wegen der quälenden Schmerzen kein Auge schließen können. Fest biß er die Zähne aufeinander und ertrug die dumpfe Pein ohne Stöhnen, obwohl er mehrmals stark in Versuchung war, aus dem Bett zu springen und seinen schmerzenden Schädel gegen die Wand zu schlagen. Jede Stunde hörte er schlagen; endlose Zeit schien zwischen einer jeden zu liegen, bis schließlich die Dämmerung heraufkam.

Mit dem nahenden Tageslicht kam auch eine Erleichterung von den rasenden Schmerzen, doch ein dumpfes Klopfen und Hämmern blieb zurück. Er hatte den Tag mit seiner Braut verbringen wollen, aber selbst die Liebe lindert kein Zahnweh, und so ließ er sich bei ihr entschuldigen, was sie ziemlich übelnahm.

Nachmittags, als der Schmerz sich ausgetobt hatte, kam Mr. Baxter, um ihn zu besuchen. Seine freundliche Teilnahme tat dem armen Teufel, der eine ganze Nacht und auch den Tag über gegen die qualvolle Pein angekämpft hatte, sehr wohl. Das Gespräch kam natürlich auf Mittel gegen solche Schmerzen. Baxter war äußerst taktvoll, vermied sogar den in ähnlichen Fällen stets gebrauchten guten Rat: »Ich würde mir den Zahn ausziehen lassen.« Trotzdem fühlte Armitage einen Zweifel an seinem Mut heraus und erklärte, weshalb er sich den Zahn nicht ausziehen lasse.

»Vor ungefähr sechs Wochen hatte ich zum erstenmal in meinem Leben Zahnschmerzen,« sagte er.

»Glücklicher Mensch,« murmelte der andre.

»Ja, glücklich war ich wenigstens in der Wahl meines Zahnarztes. Ich ging zu einem, Brennan hieß er, Andrew Brennan. Der sagte mir, ich hätte die schönsten Zähne, die er je gesehen und weigerte sich glatt, den Zahn zu ziehen. Er gab mir irgendein famoses Zeug, das wie Feuer brannte, aber nach fünf Minuten war der Schmerz wie weggeblasen. Am folgenden Tag setzte er mir eine Goldplombe ein und sagte mir, daß ich vermutlich in vier bis fünf Wochen einen erneuten Anfall bekommen würde, ich solle dann sofort zu ihm kommen, er würde mich wieder davon befreien. Seine letzten Worte waren noch: ›Lassen Sie sich nicht überreden, sich den Zahn ziehen zu lassen.‹«

»Und weshalb gingen Sie nicht sofort wieder zu ihm?« war Baxters völlig logische Frage.

»Weil er fort ist, weggezogen, und seine neue Adresse nicht zu erfahren war. Er hatte seine Sprechstunden in Morrel Row gehabt. Als ich eines Tages dort vorüberging, war alles leer; ich ging in das Haus und fragte nach ihm, bekam aber von dem brummigen Besitzer, der sich vermutlich ärgerte, einen guten Mieter verloren zu haben, keine Auskunft.«

Baxter hörte mit großem Interesse zu. »Es ist nicht schwer, jemand in London aufzufinden, wenn er sich nicht verbirgt.«

»Ich wünschte, Sie könnten meinen Zahnarzt wiederfinden.«

»Vielleicht gelingt es. Versuchen werde ich es jedenfalls. Treffe ich Sie morgen zu Hause?«

»Den ganzen Tag. Ich habe noch einige dringende geschäftliche Sachen zu erledigen, vorausgesetzt, daß mein Oberkiefer mir Ruhe läßt.«

Voller Triumph erschien Baxter am nächsten Morgen und hatte es so eilig, seine gute Nachricht zu verkünden, daß er das Hausmädchen, die gerade Gläser ins Büfett stellte, gar nicht bemerkte.

»Ich habe ihn,« rief er, »ich wußte es ja.«

»Meinen Zahnarzt?«

»Ja.«

»Sind Sie sicher, daß es derselbe ist?«

»Ja, ganz sicher.«

»Whisky und Soda, Jane,« rief er dem Mädchen zu; »Ihre Entdeckung müssen wir begießen. Erzählen Sie mir alles.«

»Da gibt es nicht viel zu erzählen.« Baxter dachte gar nicht daran, seine Hilfskräfte zu verraten. »Ich fragte in seiner alten Wohnung nach, eins kam zum andern, und weit mehr durch glücklichen Zufall als durch besondere Mühe erfuhr ich, was ich wissen wollte. Ihr Freund hat sich jetzt in Gower Street niedergelassen und scheint brillant zu tun zu haben. Andrew Brennan, ein kleiner, magerer, gut aussehender Mensch, der den Scheitel in der Mitte trägt.«

»Das ist er!«

»Ich wußte es ja.«

»Es war wirklich überaus liebenswürdig von Ihnen, sich meinetwegen so viel Mühe zu geben.«

»Das war mir ein Vergnügen. O, ich tat noch mehr. Da er so beschäftigt ist, ließ ich Sie für drei Uhr heute nachmittag gleich vormerken. Bis dahin ist noch reichlich Zeit, und wenn es Ihnen angenehm ist, begleite ich Sie.«

Das Mädchen stellte Whisky, Syphon und Gläser zusammen auf ein Tablett; dabei klangen die Gläser mehrere Male in einem gewissen Takt aneinander.

Baxter fuhr überrascht herum und sah daher nicht den erstaunten Ausdruck in Armitages Gesicht.

Noch einmal klangen die Gläser, als das Mädchen sie hinübertrug und mit dem Teebrett auf ein Tischchen zwischen die beiden Herren setzte. Baxter sah scharf in das hübsche Gesicht, das unter seinem Blick heiß errötete. Er goß sich bedächtig ein und nahm prüfend den ersten Schluck.

»Wollen Sie gleich mitkommen?«

»Heute lieber nicht,« war Armitages zögernde Antwort. »Jetzt hat es ja nicht solche Eile, denn ich habe keine Schmerzen mehr, aber noch allerlei zu erledigen. Dank Ihrer Liebenswürdigkeit weiß ich ja nun, wo er zu finden ist.«

Baxter drängte ihn nicht. »Wie Sie meinen,« sagte er freundlich. »Aber wäre es nicht höflicher, ihm zu telephonieren, daß Sie nicht kommen? Ich werde es gleich selbst tun; drüben in Ihrem Wohnzimmer, ja, ich weiß Bescheid.«

Als sich die Tür hinter ihm schloß, wandte sich Armitage voll Neugier zu seinem hübschen Hausmädchen: »Warum haben Sie mir denn ›Nein, nein‹ telegraphiert, Miß Myrl? Sie werden gewiß Ihre guten Gründe haben, aber ich kann mir absolut nicht denken, weshalb ich nicht mit Mr. Baxter zum Zahnarzt gehen sollte.«

»Wirklich nicht?« fragte sie mit leisem Hohn. »Zu diesem Zahnarzt sind Sie damals als Littledale gegangen und jetzt kommen Sie als Armitage. Bilden Sie sich ein, daß der seine eigene Arbeit nicht wiedererkennt? Er würde Sie wiedererkennen, wie man Pferde – und auch andere Tiere – an ihren Zähnen erkennt. Daran haben Sie nicht gedacht, wohl aber Herr Beck.«

»Aber –«

»Ach, ich weiß; er ist ja nicht Beck, sondern nur Mr. Baxter, und sein Eifer, Sie hinzubringen, wie sein Auffinden Ihres Zahnarztes sind bloße Zufälligkeiten! Sie sehen aber doch ein, daß der Zahnarzt eine Gefahr bedeutet. – Scht!«

Baxter war leise wieder eingetreten und fand Herrn und Dienerin in eifriger Unterhaltung. Wenn sein Verdacht erwacht war, so ließ er nichts davon merken: »Es ist in Ordnung, ich habe gleich Anschluß bekommen.«

Zwei Minuten später war er mit Armitage in angeregter Unterhaltung über Aeroplane – ein Thema, das beide außerordentlich interessierte.

Als er nach einer guten Stunde fortging, öffnete Dora ihm die Haustür, sie war immer zur Hand, um ihn sicher aus dem Hause zu lassen. Als sie ihm seinen abgebürsteten Hut hinreichte, stieß er plötzlich die Frage hervor: »Jane, wann haben Sie telegraphieren gelernt?«

Sie fühlte den scharfen Angriff in seiner Frage, war aber auf der Hut und parierte mit Gedankenschnelle. Zitternd und errötend – ein Bild ängstlicher Schüchternheit gestand sie: »Ich war früher Telegraphistin, aber der Dienst war zu schwer, deshalb suchte ich mir eine andre Stellung.« Rasch fuhr sie dann fort: »Sie hörten, wie ich dem Herrn ›Nein, nein‹ telegraphierte? Bitte halten Sie mich nicht für dreist, ich will Ihnen den Grund erzählen. Die Zahnschmerzen waren nur ein Vorwand, um sich von seiner Braut fern zu halten. Er hatte mich gerade gebeten, ich solle mit ihm frühstücken gehen, als Sie kamen, Mr. Baxter. Er bettelte und drohte, und da dachte ich es mir leichter, ihm die Antwort zu telegraphieren. Er bestürmte mich sofort wieder, als sie auf einen Augenblick hinausgingen.«

»Haben Sie schon früher mit ihm gefrühstückt?« fragte Beck kurz.

»Ach, er sah mich und erkannte mich damals bei Jammet,« dachte Dora entzückt, »er kennt sogar meinen Hinterkopf, was für Augen der Mann hat!«

Sie errötete wieder und antwortete scheu: »Nur ein einziges Mal im Restaurant Jammet habe ich mit ihm gegessen. Ich fuhr auf dem Rad hin und er traf dort mit mir zusammen. Ich hätte es nicht tun sollen, das weiß ich wohl, aber damals dachte ich mir nichts dabei, erst hinterher —«

»Ja, ich verstehe, Kleine,« sagte Beck gütig. Er bemitleidete das harmlose, errötende kleine Ding und fühlte eine namenlose Wut gegen Armitage, der mit dieser Unschuld spielte. Er hatte inzwischen fast eine Vorliebe für den offenherzigen jungen Mann gefaßt, nun aber änderten sich seine Gefühle wie mit einem Schlag. »Lamman hat recht,« dachte er, »ein glattzüngiger schlechter Kerl; ist mit Miß Lee verlobt und versucht dieses unschuldige kleine Ding ebenfalls einzufangen. Der ist im Zuchthaus gut aufgehoben.«

Das Mädchen sah mit flehendem Blick in sein ernstes Gesicht. »Sie sind nicht böse auf mich, nicht wahr?«

»Gewiß nicht, mein Kind,« sagte er mit mehr Wärme. »Was für ein Recht habe ich, böse zu sein?«

»Mir liegt sehr viel an Ihrer guten Meinung,« flüsterte sie mit so feiner Koketterie, daß er sie nicht herausfühlte.

»Kein Mensch könnte Ihnen einen Vorwurf machen, Sie haben sich ganz richtig benommen, Kleine,« sagte er ermutigend. »Aber warum bleiben Sie bei dem jungen Herrn?«

»Die Stellung ist sehr gut, ich würde nicht leicht wieder so etwas finden. Ich stehe ganz allein und kam durch Miß Lee hierher. Sie ist immer sehr gut zu mir gewesen und würde böse werden, wenn ich ohne Grund die Stellung aufgäbe, und ich kann ihr doch den wahren Grund nicht sagen.«

Baxter bewunderte ihren Scharfsinn, die Kleine war klug trotz ihrer Unschuld. »Vielleicht haben Sie recht. Ich freue mich, daß ich mit Ihnen darüber gesprochen habe und daß Sie mir offen alles eingestehen. Vergessen Sie nicht, was ich Ihnen jetzt sage: wenn Sie jemals einen Freund brauchen, dann kommen Sie zu mir.«

»Das werde ich nicht vergessen,« erwiderte das wahrheitliebende, unschuldige kleine Hausmädchen.

Fünfzehntes Kapitel
Der Liebe holder Traum

Norma Lee hatte ein zärtliches Herz. Als sie den Grund von Armitages Wegbleiben vernahm, löste sich ihr Groll sofort in Mitgefühl auf.

»Warum hast du mir nicht die Wahrheit gesagt?« fragte sie, als sie ihn endlich wieder hatte. »Ich wäre sofort zu dir gekommen. Aber,« ihr Ton klang etwas beleidigt, »du hattest ja Dora, die konnte dich streicheln und verwöhnen, da brauchtest du mich nicht. Schade, daß sie heute nicht mit kam.«

»Das finde ich gar nicht schade.«

»Das sagst du ja doch nur aus Höflichkeit, und wenn sie hier an meiner Stelle wäre, würdest du von mir dasselbe sagen! Nein, nein, bleib sitzen, sonst kippt das Boot, und nach einem kalten Bad trage ich kein Verlangen.«

In einem leichten Ruderboot glitten sie über das ruhige Gewässer der oberen Themse. Es war einzig schön auf dem Fluß an diesem wundervollen Herbsttag; die Luft war von jener reinen Klarheit, die man nur im Herbste kennt, und in der Bäume, Wasser und die fernen Stadttürme eine neue, überraschende Schönheit annehmen. Die Blätter flüsterten leise, doch kein Lufthauch kräuselte den Wasserspiegel. Eine einsame Drossel pfiff im nahen Walde und schien neben dem dahingleitenden Boot herzufliegen, denn immer wieder ertönte ihr Ruf und erhöhte den Zauber.

Die beiden Menschen waren sehr glücklich – allein auf dem stillen Wasser, und die Schönheit um sie her erschien wie ein Zauberrahmen um das selige Entzücken ihrer Herzen. Das Mädchen, in duftigen Batist gekleidet, saß am Steuer, die seidenen Steuerleinen in der einen Hand, während die andre wohlig in das laue Wasser tauchte. Der Mann war schlank und ebenmäßig gebaut und trug einen weißen Flanellanzug; er hatte den Panamahut etwas zurückgeschoben und tauchte lautlos seine Ruder in den schweigenden Strom. Lange Zeit schwiegen beide; das Mädchen hatte die Lider mit den seidigen Wimpern gesenkt, weil sie wußte, daß der Blick des Geliebten an ihr hing.

Langsam und leise bewegte sich das Boot bei den gleichmäßigen Ruderschlägen vorwärts mit seiner Ladung von Jugend, Liebe und Glück.

Der Mann brach das Schweigen mit den alt vertrauten Worten in innigstem Flüsterton: »Ach, Norma, wie liebe ich dich.«

Jetzt klang kein Groll mehr in der leisen Stimme, die ihm antwortete, nur die Sehnsucht einer alles verzehrenden, alles begehrenden Liebe. »Mehr als alle, Phil – liebst du mich mehr als alle andern?«

»Für mich gibt es keine andre, Liebling, nur dich.«

»Dora ist sehr schön, Phil.« Sie sah ihm mit erwachender Eifersucht ins Gesicht. Ein Gedanke, der sie seit Wochen beunruhigte, kleidete sich endlich in Worte.

Sein Lächeln beruhigte sie. »Eifersüchtig, Norma? O, du törichtes Mädel. Ich freue mich aber doch, daß du eifersüchtig bist, wenn auch völlig ohne Grund. Dora Myrl ist gewiß recht hübsch und fabelhaft klug; sie ist uns beiden eine treue Freundin. Zweimal wenigstens hat sie mich aus großer Gefahr gerettet, dafür wirst du sie doch nicht weniger lieben?«

»Hältst du die Gefahr wirklich für so groß, wie Dora meint?« fragte sie rasch; alle andern Gedanken versanken vor der Sorge um den Geliebten. »Sag mir die Wahrheit, Phil, die volle Wahrheit; bisher hast du mich wie ein Kind zu täuschen versucht.«

»Nein,« antwortete er langsam, »ich halte die Gefahr nicht für so groß, aber Gefahr ist immerhin vorhanden. Wenn die Sache noch einmal an mich heranträte, so würde ich es wieder genau so machen und die Folgen tragen. Ich fühle nicht die geringsten Gewissensbisse, weiß aber recht gut, daß das Gesetz meine Tat mit einem bösen Namen nennt, und wenn sie mich fassen, so geht es mir schlecht. Lamman will seine Rache haben.«

»Du hast ihm doch nur heimgezahlt, was er an dir getan,« rief sie ungehalten, »warum schickt man ihn denn nicht ins Gefängnis?«

»Gesetz, Kind, Gesetz. Aber laß uns davon nicht länger reden, Norma; was kommen soll, kommt doch, und es ist immer noch früh genug, das Unglück kommt stets zu früh. Wir wollen uns diesen herrlichen Tag nicht mit vorläufig noch unnötigen Sorgen verderben.«

»Ich muß davon sprechen, denn ich komme mit meinen Gedanken nicht davon los. Die Gedanken lassen sich nicht hier- und dorthin lenken wie ein Boot.« Sie zog an der Steuerleine und ließ das Boot im Zickzack gehen. »Die Gedanken quälen mich seit Monaten; es ist eine Erlösung, davon zu sprechen. Was meint Dora?«

»Sie sagt wenig, doch kann ich deutlich merken, daß sie ängstlich ist. Lamman ist ihr Nebensache – einen schlauen, eingebildeten Narren nennt sie ihn, den sie mit Leichtigkeit um den kleinen Finger wickeln könnte. Aber sie fürchtet Beck, und je häufiger sie ihn narrt, desto mehr Angst bekommt sie.«

»Glaubt sie noch immer, daß in Mr. Baxter dieser Beck steckt?«

»Sie hat in letzter Zeit nichts mehr darüber gesagt, deshalb glaube ich, daß sie den Gedanken aufgegeben hat. Verrückte Idee von solch einem gescheiten Mädel, nicht wahr?«

»Ich bin meiner Sache nicht so sicher. Wenn ich mit ihm zusammen bin, so erscheint es mir unmöglich, ihm zu mißtrauen, er ist so ehrlich und gutmütig. Aber ich kenne Dora seit vielen Jahren und weiß, daß sie manch Wunderbares fertig gebracht hat, erinnere mich aber nicht, daß sie jemals unrecht gehabt hätte. Wenn sie mir gerade heraus sagte, Mr. Baxter ist kein andrer als Beck, so würde ich ihr doch wohl glauben müssen.«

»Das wird sie dir aber nicht sagen, Norma. Gestern kam sie zu mir in mein Arbeitszimmer unter dem Vorwand, Staub wischen zu müssen, und sagte: ›Ich sage kein Wort mehr gegen Ihren guten Freund Baxter, Mr. Armitage; je mehr er hier verkehrt, desto lieber wird es mir sein.‹«

»Vielleicht will sie ihn gern im Auge behalten.«

»Jedenfalls brauchen wir uns keine Sorgen zu machen, wenn wir unserm Schutzengel gehorchen, und ich muß gestehen, ich habe Baxter gern und habe auch Vertrauen zu ihm.«

»Ich auch, aber –«

»Wir wollen das ›Aber‹ Dora überlassen, sie wird schon aufpassen. Es ist auch nur deinetwegen, Liebling, daß mich die Geschichte beunruhigt.«

»Aber warum meinetwegen, Phil?«

»Weil ich dich liebe und dich mit jedem Tag tausendmal mehr liebe als den Tag zuvor und mich danach sehne, dich ganz zu eigen zu nehmen; aber ich darf dich ja nicht bitten, die Hochzeit zu bestimmen, bis diese gefahrdrohende Wolke vorübergezogen ist.«

»Du brauchst mich nicht zu bitten,« sagte sie mit dem freudigen Mut großer Liebe, »ich bin jeden Tag bereit, dich zu heiraten, wann du willst.« Dann barg sie, erschreckt über ihre eigene Kühnheit, ihr purpurn übergossenes Gesicht in den Händen. »Ach, Phil,« schluchzte sie, »ich fürchtete schon, daß du aufgehört hättest, mich zu lieben.«

In seiner Überraschung und Freude hätte er fast die Ruder schwimmen lassen; rasch legte er sie in das Boot und war mit zwei Schritten neben ihr, legte den Arm um sie und zog sie an sich.

»Mein süßer Liebling – dich nicht mehr lieben! Ich werde dich lieben, so lang ich atme, und nach dem Tode werde ich dich dort drüben lieben, immer und immer. Wenn ich im Grabe liege und höre dich rufen, so werde ich zu dir kommen.«

»Wenn du mich wirklich so liebst, Phil, dann mußt du auch wissen, wie ich dich liebe. Glaubst du, daß mich irgend etwas von dir trennen könnte? Euer Lamman und Beck sind mir ja so gleichgültig, wenn du mich nur liebst. Ich las neulich ein herrliches altes Gedicht von dem ›Nußbraunen Mädel‹. Hast du jemals davon gehört?«

»Ich kenne es zum größten Teil auswendig.«

»Dann weißt du auch, was die Maid antwortet, als der Mann glaubt, daß das Gesetz sie trennen wird. Ich habe dabei geweint.«

»Ist das wahr, Norma?« flüsterte er und zog sie noch fester an sich.

»Wahr? Gewiß ist das wahr. Ich dachte, du kenntest das Gedicht.«

»Aber so empfindest du, Norma? Sag mir die Wahrheit, spiel' nicht mit mir.«

»Ja, so empfinde ich, das ist reinste Wahrheit. Die Maid liebte nicht heißer als ich, und du bist zehn solcher Männer wert.«

Armitage antwortete nicht mit Worten, er küßte, küßte sie wieder und wieder, während das Boot dahintrieb, der Himmel lächelte und Bäume und Wasser sanft und hold von Liebe murmelten. »Laß uns hoffen, Liebling, daß ich dir auch so werde antworten können, wie der Mann in dem Gedicht, als die Gefahr für ihn vorüber war.«

Er griff wieder zu den Rudern und trieb das Schifflein mit schnellen, langen Schlägen stromaufwärts, tiefeinschneidend in die klare Fläche mit der scharfen Spitze des Bootes. Bald darauf lief er an einem grünen Uferrand auf, den die breiten Zweige eines mächtigen Baumes beschatteten. Wie gut das Essen so im Freien schmeckte! Alle Vorräte hatten sie aus dem Boot auf den Feldrain gebracht, kaltes Fleisch, Salat, Brot, Kuchen und Früchte, auch leichten Wein, der in dem Sonnenlicht in den Gläsern funkelte.

Als sie ihm die Zigarre anzündete, es ihm mit Kissen auf dem weichen Gras recht bequem machte und mit der Hand auf seiner Schulter dicht neben ihm saß, waren auf der Welt nicht zwei Menschenkinder glücklicher als sie. Sie redeten närrische holde Worte der Liebe, deren die Liebenden nie müde werden, und machten Pläne für eine glückliche Zukunft, in die niemals ein Schatten fallen sollte.

In ungetrübter Glückseligkeit verfloß der Tag, aber der Abend brachte Wolken und einen kalten, scharfen Wind, und als sie eilig heimwärts ruderten, legten sich die düstern Schatten der drohenden Gefahr wieder über ihr Glück.

Sechzehntes Kapitel
Eine Partie Bridge

Der gefällige Mr. Baxter war gleich bereit, seinen Tisch wieder einmal mitzubringen, um Mrs. Pye einen Wunsch zu erfüllen, doch die Nichte widersetzte sich einer Wiederholung energisch; sie sagte, sie fürchte sich vor dem Tisch, der sei entschieden behext. Sie glaube zwar nicht an Geister und glaube natürlich auch Mr. Baxter, daß die Sache nur auf einem Trick beruhe, aber – und gegen dieses unlogische, weibliche »Aber« war nicht anzukommen.

Auch Armitage, der zuerst eine Wiederholung sehr gern gesehen hätte, änderte nun seinen Sinn wie eine Wetterfahne und erklärte ernsthaft: »Eine Wiederholung würde nur den erstaunlichen Eindruck der ersten Sitzung abschwächen.«

Das hübsche Hausmädchen, das diesen Unterhandlungen mit dem stillen Entschluß, den Tisch, wenn nötig, völlig zu zerbrechen, gelauscht hatte, atmete erleichtert auf.

Baxter ließ sich die Laune nicht trüben, aber die enttäuschte Mrs. Pye sah recht mißmutig drein. Plötzlich hatte Armitage einen guten Einfall: »Leutchen, was würdet ihr zu einem Spiel Bridge sagen? Wir sind gerade vier. Sie spielen doch, Baxter, was? Wir andern spielen gern.«

»Ich spielte Bridge nur selten,« antwortete Baxter bescheiden.

Norma war über den Vorschlag erfreut und auch Mrs. Pye war er sehr willkommen; ihr Antlitz hellte sich sofort auf, und aller Spiritismus war vergessen.

Einstmals war sie eine berühmte Whistspielerin gewesen, hatte mit großem Ärger das rasch in Mode kommende Bridge betrachtet und geschworen, daß sie niemals dieses neumodische Spiel lernen werde. Als aber all ihre alten Freunde in das feindliche Lager übergegangen waren und sie einen Whist nicht mehr zustande bringen konnte, neigte sie ihr stolzes Haupt und ergab sich dem neuen Tyrannen, um sogar in kurzer Zeit eine der leidenschaftlichsten Bridgespielerinnen zu werden. Sie hatte durch die Übung des Whistspiels ein wunderbares Kartengedächtnis, ließ sich aber durch die scharfen Regeln des geliebten alten Spiels leicht in Verwirrung bringen.

Die Leichtigkeit und Wandelbarkeit des Spiels, die den Hauptreiz des Bridge bilden, führten sie unausgesetzt irre, sie spielte gewissenhaft, aber durchaus nicht gewandt. Armitage war ein mittelmäßiger Klubspieler und Norma eine allen Regeln spottende sorglose Novize. Mr. Baxter war in diesem Rubber das unbekannte Element.

Wie gewöhnlich war Baxter höchst dienstbereit. Er schob den hübschen, eingelegten Kartentisch mitten ins Zimmer und öffnete ihn, so daß die breite grüne Tuchfläche zum Spiel einlud. Er suchte in der Schublade nach Karten und Spielmarken.

»Hier ist nur ein Spiel Karten,« rief er Armitage nach längerem Suchen zu.

»Nein, nein,« gab Armitage zurück, »es müssen zwei da sein.« Er durchsuchte die Schublade ebenfalls ohne Erfolg.

»Ich meine bestimmt, daß heute morgen noch zwei Spiele darin waren,« sagte er.

Das Hausmädchen wußte ganz sicher, daß noch vor fünf Minuten zwei Spiele dagewesen waren.

Baxter, liebenswürdig und gefällig wie immer, wußte sofort Rat. »Ich hole rasch ein Spiel aus meiner Wohnung,« rief er. »In fünf Minuten bin ich wieder da,« und war schon aus dem Zimmer, ehe noch jemand danke sagen konnte.

Ganz so schnell, wie er versprochen, kam er nicht zurück, doch erschien er nach einer knappen Viertelstunde nicht mit einem, sondern zwei Spielen Karten in nettem Kästchen.

Sofort ließ sich die kleine Gesellschaft um den Tisch nieder. Baxter nahm die Karten fächerartig in die Hand und ließ die andern ziehen. Armitage zog ein As, Mrs. Pye eine Treffsieben, Baxter und Norma jeder einen König, so daß sie als Partner miteinander zu spielen hatten.

Mrs. Pye war sehr zufrieden, sie kannte Armitages Spielweise und freute sich, ihn als Partner zu bekommen.

»Seien Sie nicht böse, Baxter,« rief Armitage bald darauf vergnügt, »wenn ich Ihr As steche. Hoffentlich sind Sie kein allzu guter Spieler.«

»Ich kenne die Karten, das ist alles.«

Karten kennen ist aber eine große Sache, wie Baxter bald durch sein Spiel bewies.

Armitage gab mit einem der Spiele, die Baxter geholt hatte. In der Regel verstand er das prächtig, ließ die Karten in großem Bogen auf die bestimmten Plätze fallen, heute aber schienen seine Finger ungeschickt. Die Karten klebten ihm am Daumen und aneinander, und zweimal hatte er zwei Karten statt einer gegeben. Er wurde verdrießlich über seine Ungeschicklichkeit und machte seine Sache nur noch schlechter.

Als er mehr als die Hälfte ausgeteilt hatte und schließlich sich doch wohl vergeben haben würde, kam Baxter ihm gutmütig zu Hilfe.

»Sie haben keine Schuld, Armitage,« sagte er, »das liegt entschieden an den Karten. Geben Sie nur mit einem neuen Spiel noch einmal. Hier sind ja noch zwei andre.«

Ohne eine Antwort abzuwarten, schob er die Karten zusammen und steckte sie wieder in das Kästchen, das er dann in die Seitentasche seines Smokings versenkte.

Das zweite Spiel erwies sich als tadellos. Armitage ließ wie sonst die Karten in großem Bogen auf ihre Plätze fallen, und in kurzer Zeit erhob sich ein kleiner Haufen vor jedem der Mitspielenden.

Zuerst wußten weder Armitage noch seine Partnerin, was sie aus Baxter machen sollten; mitunter spielte er vorzüglich, dann wieder anscheinend ebenso gedankenlos unbekümmert und waghalsig, wie Norma gegen alle Regeln. Bald aber fanden sie den Kernpunkt seiner ungewöhnlichen Art heraus. Sobald er mit dem Strohmann spielte, verstand er ein Spiel zu spielen, das voll zu würdigen Armitage Kenner genug war, und das er nie mit gleicher Gewandtheit hatte spielen sehen. Gab aber die andre Seite, so spielte er nur für die Hand seiner Partnerin und übertrat fortwährend die Regeln in ihrem Interesse. Schon nach den ersten Runden schien er zu erraten, wie sie spielen würde, und indem er ihr völlig in die Hand spielte, war es wunderbar, was für verzweifelte Tricks er ihr sicherte.

Obwohl das Glück sich mehr auf Armitages und seiner Partnerin Seite neigte, wuchs doch das Häufchen Silber ständig vor Baxter und Norma. Das junge Mädchen war begeistert über ihren Erfolg und lachte fröhlich über die Niederlage der Tante. Baxter war auch in ungewöhnlich vergnügter Stimmung; kam das nur von seinem glücklichen Spiel? Das kleine Hausmädchen glaubte das nicht.

Sie hatten verschiedene Rubber gespielt und waren bei dem unwiderruflich allerletzten, als Norma mit einem eigentümlich eifersüchtigen Schmerz beobachtete, daß das Mädchen, wie sie mit einem Tablett mit Likören hinter Baxters Rücken stand, Armitage ein fast unmerkliches Zeichen gab.

Kurz darauf stand er auf, entschuldigte sich und versprach, im Augenblick zurück zu sein.

Es vergingen aber volle zehn Minuten, ehe er wiederkam, und den Spielern, die gelangweilt auf ihre Karten starrten, erschien die Zeit noch viel länger. Armitage schien etwas erregt und verstört und vermied es, den Blicken seiner Verlobten zu begegnen.

Mit einem verlegenen »Es tut mir so leid, daß ich euch habe warten lassen,« nahm er die Karten auf und spielte aus.

Wie es häufig vorkommt, war der letzte Rubber der aufregendste des ganzen Abends. Armitage und seine Partnerin standen auf achtundzwanzig, die andern auf vierundzwanzig. Baxter hatte gegeben und zwar an seine Partnerin eine sehr schlechte Karte. In Verzweiflung machte sie Pik zum Atout. Nachdem sie ihre Karten hingelegt hatte, ging sie hinüber, sah in seine Karten und wandte sich enttäuscht ab, da sie das Spiel als hoffnungslos verloren betrachtete.

Aber Baxters Gewandtheit zeigte sich der Mißgunst des Glückes gewachsen. Er und der Strohmann hatten zusammen achtmal Pik, jeder vier. Es gelang ihm, aus der Hand des Strohmanns zwei Stiche zu machen und so zog er dann die ganze Pikflöte herunter. Als die Atouts alle herausgezogen waren, blieb ihm ein Trick. Dann spielte er die dreizehnte Karte aus seiner eigenen Hand aus und brauchte nun nur noch einen Trick mehr, um das Spiel zu gewinnen.

»Dies Spiel ist höchst eigenartig,« sagte er nachdenklich, »ich glaube nicht, daß mir schon je etwas Ähnliches vorgekommen ist.«

»Was denn?« fragte Mrs. Pye etwas scharf, denn sie war durchaus unzufrieden mit der Wendung, die das Spiel genommen hatte.

»Daß die letzten Karten die Fünf, Vier, Drei und Zwei von derselben Farbe sind,« erwiderte Baxter.

Er spielte die Karofünf aus, die Zwei lag auf dem Tisch in der Hand des Strohmannes, Armitage und seine Partnerin gaben die Vier und Drei dazu. So hatte Baxter mit völlig aussichtslosen Karten drei Tricks, und damit den allerletzten Rubber gewonnen.

Während Mrs. Pye, die mit Anstand zu verlieren wußte, Baxter zu seinem glänzenden Spiel beglückwünschte, gelang es Norma, ihrem Verlobten ein paar Worte zuzuflüstern. Die eifersüchtige Regung hatte sich wieder verflüchtigt.

»Ist etwas passiert, Phil?«

»Nichts, Liebling.«

»Ich bin überzeugt, daß Dora dir irgend etwas mitgeteilt hat. Komme morgen und erzähl' es mir. Um halb zwei bin ich zu Hause.«

Mrs. Pye verabschiedete sich. »Gute Nacht, Mr. Baxter, gute Nacht, Mr. Armitage. Bitte, bleiben Sie ruhig sitzen und lassen Sie sich nicht stören, unser Wagen steht schon vor der Tür. Und vielen Dank, Mr. Baxter, für die Lektion im Bridgespielen.«

Aber als nun auch Baxter aufbrechen wollte, hielt ihn Armitage zurück und bat ihn, noch ein Glas mit ihm zu trinken und eine gemütliche Zigarre zu rauchen. Der stets gefällige Baxter ließ sich wieder in seinen Sessel fallen, und Armitage brachte das Gespräch wieder auf Aeroplane.

Aber die scharfen Augen und Ohren, die ihn beobachteten, merkten nur zu gut, daß er gar nicht recht bei der Sache, und daß dies nur eine List war, um Zeit zu gewinnen. Doch hörte er lächelnd und geduldig Armitages Auseinandersetzung an. Seit er wußte, daß der junge Mann das unschuldige kleine Hausmädchen zu verführen suchte, hatte sich seiner ein starker Widerwillen gegen Armitage bemächtigt.

Als es Baxter endlich gelang, aufzubrechen, fand er zu seinem höchsten Erstaunen das kleine Hausmädchen seiner wartend in der Halle mit geröteten Augen und in großer Erregung.

Sie trug eine kleine Reisetasche in der Hand und war zum Ausgehen angezogen. »Ach, Mr. Baxter,« schluchzte sie, als sie ihn sah, »Sie versprachen, mir zu helfen, Sie versprachen, mich zu retten.«

»Ja, Kleine, was hat's denn gegeben?« fragte er freundlich und legte ihr beruhigend die Hand auf die Schulter.

»Er wollte mich küssen,« schluchzte sie mit erstickter Stimme. »Von der Seite seiner Braut, die er doch vorgibt zu lieben, kam er herausgeschlichen, und wollte mich mit Gewalt küssen.«

»Der nichtswürdige Schurke,« knirschte Baxter.

Jetzt verstand er, warum Armitage aufgestanden und hinausgegangen war, und weshalb er ihn zurückgehalten hatte, bis das Mädchen aus dem Wege sei.

»Ich bleibe nicht eine Nacht länger in diesem Haus,« schluchzte sie, »um keinen Preis bleibe ich hier.«

Baxter sann einen Augenblick nach. »Wenn Sie sich mir anvertrauen wollen, so nehme ich Sie gleich mit in meine Wohnung. Es ist nicht weit von hier, und meine Haushälterin, eine gute, treue Seele, wird sich Ihrer annehmen. Ich habe einen Wagen vor der Tür, wollen Sie mitkommen?«

»O, vielen, vielen Dank. Bei Ihnen habe ich keine Angst.«

Die Bereitwilligkeit, mit der sie sich ihm anvertraute, war nicht ganz nach seinem Geschmack; sie vertraute ihm wie einem Mann, der wohl hätte ihr Vater sein können.

Ob er wohl zufriedener gewesen wäre, wenn er gewußt hätte, aus welchem Grunde das hübsche Zimmermädchen so bereitwillig seinen Vorschlag annahm?

Siebzehntes Kapitel
Ein Waffenstillstand

Baxter war schüchtern und verlegen wie ein Schulknabe, als er dem kleinen Hausmädchen zu dieser mitternächtigen Fahrt in den Wagen half. Er wunderte sich über sich selbst und konnte sich über sein Gefühl keine Rechenschaft geben. Er war von jeher sehr empfänglich für weibliche Schönheit gewesen und liebte die Frauen. Auch wurde er von dem schöneren Geschlecht bevorzugt und verwöhnt, oft zur Verzweiflung viel jüngerer und glühenderer Verehrer der betreffenden Schönen. Bisher hatte aber noch keine, auch die schönste nicht, sein Herz schneller schlagen lassen. Woher kam es denn nur, daß er jetzt zitterte und bebte an der Seite dieses Mädchens während der kurzen Fahrt, wo er in der Dunkelheit ab und zu ihr feines Gesichtchen mit den vertrauensvollen Augen von den vorübergleitenden Laternen beleuchtet sah?

Der Wagen war sehr schmal, daher saßen sie dicht nebeneinander. Baxter befand sich in einem solchen Erregungszustand, daß er nicht hätte sagen können, ob es ihm lieb sei oder leid, als die Fahrt zu Ende war.

Seine Haushälterin war noch wach und nahm das Mädchen, auf ein Wort von ihm, sofort unter ihren mütterlichen Schutz; sie war in diesem Hausstand längst an seltsame Vorkommnisse gewöhnt.

Ein Zimmer wurde flink für den Gast, der behend mit zugriff, hergerichtet und schon nach zehn Minuten war alles in behaglichster Ordnung.

Baxter war äußerst besorgt um ihr Behagen gewesen, deshalb dankte sie ihm herzlich, bevor sie sich zurückzog.

»Sie sind so gut zu mir,« sagte sie schüchtern – ein tanzender Flimmer in ihren Augen strafte diese Schüchternheit Lügen – »Sie haben mir viel besser geholfen, als ich erwarten konnte; hoffentlich finden Sie niemals Grund, Ihre Freundlichkeit zu bereuen.«

»Niemals, mein Kind,« sagte Baxter herzlich, »niemals, das weiß ich bestimmt; darüber brauchen Sie sich keine Gedanken zu machen.«

Helle Freude erfüllte sein Herz bei dem Gedanken, daß er diese kleine Unschuld vor Armitages beleidigender Zudringlichkeit gerettet habe. In Gedanken an sie, deren bezauberndes Lächeln beim Abschied ihm tief ins Herz gedrungen, wanderte er in ungewohnter Erregung in seinem Zimmer auf und ab.

»Armes kleines Ding,« sagte er vor sich hin, während er sich noch eine Zigarre anzündete, »das muß eine schlimme Zeit für sie gewesen sein. Mir scheint, sie hat bessere Tage gesehen, sie ist so klug und wohlerzogen. Ich würde mich nicht bedenken –«

Der Satz wurde nie beendet. Er riß sich plötzlich zusammen. »Das geht ja nicht, ich werde auf meine alten Tage noch sentimental. Es ist besser, ich richte all meine Aufmerksamkeit auf unsern guten Freund Armitage. Dieses Mal habe ich ihn sicher.«

Er fuhr mit der Hand in die Rocktasche, suchte einen Augenblick mit den Fingern darin herum – das Päckchen Karten war nicht mehr da.

Zum erstenmal verlor er seinen Gleichmut, durchsuchte die andre Rocktasche, die Brusttasche, seine Hosentaschen, die Taschen seines Überrocks, der auf einem Stuhl lag, und wußte dabei, daß die Arbeit vergeblich war, denn er hatte das Päckchen Karten in die rechte Tasche gleiten lassen. Wer konnte es genommen – gestohlen haben? War es der schlaue Armitage gewesen oder das junge Mädchen? Sicher doch nicht die steife, altmodische Dame, Mrs. Pye? Sie hatten alle gar keine Gelegenheit gehabt. Wer konnte es gewesen sein? »O!« dieser letzte Gedanke war der häßlichste von allen. Nein, das war ja nicht möglich! Dieses natürliche, frische kleine Ding war eines solchen Streichs nicht fähig. Der Verdacht war aber erweckt. Sie hat die beste, oder vielmehr die einzige Chance gehabt, die Karten zu stehlen, und weg waren sie.

Er klingelte energisch, worauf die Haushälterin erschien.

»Wollen Sie dem Mädchen bitte sagen, daß ich noch ein paar Worte mit ihr zu reden hätte?«

»Sie ist zu Bett gegangen,« antwortete die Haushälterin, »ich hörte sie schon vor gut zehn Minuten ihre Tür abschließen, aber ich kann sie ja nochmal herausklopfen, wenn Sie es wünschen.«

»Nein, danke,« sagte er kurz, aber wie immer rücksichtsvoll, »morgen ist auch noch früh genug.«

Als er wieder allein war, sah er ruhig vor sich hin. »Ohne zwingenden Beweis will ich nichts Schlechtes von dem kleinen Ding glauben, und heute abend werde ich mich nicht mehr damit quälen, die Sache zu enträtseln.«

Mit der gewohnten Ruhe schob er alle unliebsamen Gedanken von sich, und fünf Minuten später, nachdem er seinen Kopf auf das Kissen gebettet hatte, war er tief und fest eingeschlafen.

Am nächsten Morgen stand er wie immer früh auf, doch als er das Eßzimmer betrat, sah er eine Fremde, die an dem kleinen Tisch am Fenster saß, mit dem Rücken nach der Tür.

Die Gestalt kam ihm bekannt vor, doch ehe er Zeit fand, ein Wort zu sagen, erhob sie sich und trat ihm entgegen. Es war das hübsche, scheue, weinende kleine Mädchen von gestern und doch eine ganz andre. Dieses Mädchen war mit ausgesuchter Eleganz gekleidet und zeigte die ruhige Sicherheit der großen Dame. Sie beantwortete sein grenzenloses Erstaunen mit einem strahlenden Lächeln und stellte sich ihm vor.

»Herr Beck, wie ich vermute. Ich bin Dora Myrl, darf mir aber wohl nicht schmeicheln, daß Sie schon von mir gehört haben?«

Bei dem Namen kam ihm die Erleuchtung, ein heller Strahl ließ eine Reihe kleiner Ereignisse nun in einem ganz andern Licht erscheinen.

Zu ihrer größten Überraschung lachte er vergnügt. »Sie also waren es die ganze Zeit. Was bin ich für ein Narr! Natürlich habe ich schon von Ihnen gehört und freue mich ungemein, jetzt Ihre werte Bekanntschaft zu machen, Miß Myrl.«

Einen Moment war Dora völlig verblüfft. Sie hatte zorniges Aufbrausen, böse Worte und Vorwürfe erwartet. Es war ja entzückend, wie er die Sache auffaßte. Nun konnte sie ihre kleine Komödie zu Ende spielen. Sie lächelte noch verführerischer als vorher. »Ich war schon recht fleißig in Ihrem Interesse, Herr Beck,« sagte sie.

Er folgte mit den Augen der Richtung ihres Fingers und sah das vermißte Päckchen Karten.

»Ich bemerkte gestern abend,« fuhr sie fort, »als Mr. Armitage gab, daß die Karten klebten. Nachdem Sie dann während der Fahrt mir das Päckchen so freundlich überließen, besah ich sie genau und fand, daß die meisten einen ganz dünnen Überzug von Wachs hatten, der die Fingerabdrücke der Spieler bewahrte. Nebenbei bemerkt, sah ich etwas Ähnliches an Ihrem interessanten kleinen Tisch. Sie sollten mit Ihren Sachen wirklich etwas besser umgehen, Herr Beck. Ihre Karten habe ich gut gereinigt, jetzt wird das Geben keine Schwierigkeiten mehr machen.« Feierlich überreichte sie ihm das Päckchen.

Er nahm es mit einer Verbeugung entgegen. »Sie sind wirklich ein Wunder, Miß Myrl,« sagte er lächelnd. In seinem Ton lag ehrliche Bewunderung.

Ihr ganzes Wesen wandelte sich plötzlich, die Förmlichkeit und kühle Steifheit war verschwunden. »Ist das Ihr Ernst, Herr Beck? Sind Sie nicht böse, daß ich Sie täuschte und Ihre Gutherzigkeit zum besten hatte?«

»Böse?« rief er herzlich, »warum? Ich würde Sie ebenso behandelt haben, wenn ich genügend Spiritus gehabt hätte. Alles ist erlaubt in der Liebe und im Krieg.«

Ein lachender Funke sprühte in ihren Augen. »Und um was gilt es hier?« fragte sie übermütig.

»Verhöhnen Sie mich nicht, Miß Myrl,« er war bei ihrer Frage zurückgewichen – er, der unerschütterliche Beck, »wie Sie die Stärkere sind, so seien Sie auch gnädig und haben Sie Mitleid mit dem überwundenen Feind. Sie haben mich auf der ganzen Linie geschlagen, und mir kam nie die leiseste Ahnung, wer auf der andern Seite stand. Die Photographie damals?«

»Ja, natürlich, die nahm ich fort.«

»Und der Brief in der Geheimschrift? Natürlich waren Sie es, die den jungen Dummkopf vor der Falle bewahrte – dann der Zaubertisch und die Karten! Sie haben das ganze Spiel gewonnen – ein richtiger großer Schlemm.«

Seine gute Laune bedrückte sie ein wenig. Er gestand seine Niederlage ein, sprach aber wie der fröhliche Gewinner.

»Und doch geben Sie es nicht auf?« fragte sie.

»Nein, das tue ich nicht,« sagte er langsam. »Sie müssen mir Revanche geben, und am Ende gewinnt doch, wer das meiste Glück hat, und das bin ich.«

»Dann also adieu, Herr Beck. Wollen Sie mir meine Tasche zu Miß Lee schicken? Ich freue mich sehr, daß Sie mir nicht zürnen.«

Er nahm die Hand, die sie ihm so freundschaftlich hinstreckte und hielt sie fest. »Nein, Miß Myrl, so leicht kommen Sie nicht los,« sagte er und führte sie an den Frühstückstisch, der mit feinem Porzellan und Silber nett gedeckt war. »Sie schulden mir etwas für all die Streiche, die Sie meiner Dummheit spielten. Setzen Sie sich und schenken Sie einem alten einsamen Junggesellen seinen Tee ein, bitte.«

Ohne Zieren ging Dora auf seinen Wunsch ein, legte Hut und Boa ab, glättete ihr Haar vor dem Spiegel und nahm gelassen den Platz vor dem großen silbernen Teetopf ein.

»Zucker, Herr Beck? – ein Stück? Ja, und viel Sahne?«

Noch nie meinte Beck einen so köstlichen Tee getrunken zu haben; er war ein guter Esser beim ersten Frühstück, und auch Dora tat all den guten Dingen Ehre an, dabei plauderten sie wie alte Freunde.

»Bedenken Sie, dies ist nur ein Waffenstillstand zwischen uns, kein Friede,« sagte sie. »Wenn das Frühstück vorüber ist, sind wir wieder Feinde, und ich werde Sie wieder unterzukriegen suchen.«

»Von solchem Feind geschlagen zu werden, ist mir eine Ehre,« erwiderte er galant.

»Solange wir noch Freunde sind, möchte ich gern von Ihnen erfahren, warum Sie gar so erpicht darauf sind, den armen Armitage ins Gefängnis zu bringen. Ich habe sonst gehört, Herr Paul Beck finge nur wirkliche Verbrecher ein.«

»Das ist Armitage,« sagte Beck kurz. »Er ist ein Fälscher und Schwindler, und von einem solchen denke ich nicht besser, weil er jung und hübsch ist. Aber Frage gegen Frage. Warum sind Sie so erpicht darauf, ihn zu retten?«

Dora zögerte einen Augenblick. Sie war versucht, ihm die volle Wahrheit zu sagen, wagte es aber doch nicht. »Meiner Freundin wegen,« sagte sie schließlich.

Er bemerkte ihr Zögern und deutete es falsch.

»Darf ich mir noch eine Frage erlauben?«

Sie nickte.

»Ich möchte gern wissen – das heißt, wenn Sie es mir sagen wollen – ob Miß Lee mit Armitage verlobt ist?«

Wieder zögerte sie mit der Antwort. »Ja,« sagte sie dann, »in gewisser Weise sind sie wohl verlobt, aber es ist noch nichts fest abgemacht.« Sie wollte ihm den leisen Wink geben, daß seine ausdauernde Jagd das Glück des jungen Paares vernichte. Er aber, irre geleitet durch eine unbewußte Eifersucht auf Armitage, verstand sie ganz falsch.

»Der Bube spielt offenbar mit beiden,« dachte er. »Es ist merkwürdig, daß anständige Frauen sich so oft in schlechte Männer verlieben, und augenscheinlich lieben sie ihn beide.«

»Kennen Sie diesen Armitage schon lange?« fragte er.

Liebe macht die Männer blind, die Frauen aber scharfsichtig. Mit stillem Entzücken bemerkte Dora, daß Beck, – der törichte, unerschütterliche Beck, – auf Armitage eifersüchtig war.

»Er ist ein alter und sehr lieber Freund von mir,« antwortete sie mutwillig mit einem Ton, der ihren Worten eine tiefere Bedeutung beilegte. »Wenn ich ihn nun loszubitten versuchte,« setzte sie sanft hinzu, »was würden Sie dann tun?«

»Für Sie würde ich sehr viel tun, Miß Myrl, glauben Sie mir.«

»Aber das nicht?«

»Nein, das nicht – in Ihrem eigenen Interesse nicht.«

»Dann müssen wir eben den Kampf zu Ende kämpfen. Leben Sie wohl, Herr Beck, und tausend Dank. Der Waffenstillstand ist vorüber. Sie sind als Freund genau so liebenswürdig, wie als Feind gefährlich. Ich wünschte, wir wären Freunde.«

»Wir können doch Freunde sein, wenn unser Kampf beendigt ist.« In seiner Stimme war eine fast zärtliche Bitte.

»O, natürlich, wenn ich gewinne. Aber nun adieu.« Sie reichte ihm die Hand und war aus dem Zimmer wie ein verlöschender Sonnenstrahl.

Beck erschien das Zimmer kälter und dunkler, nachdem sie gegangen. Ihre letzten Worte »Wenn ich gewinne« klangen ihm im Ohr. Müde ließ er sich auf den Stuhl fallen, von dem sie sich soeben erhoben hatte. »Sie vergibt es mir nie, wenn ich den Burschen überführe. Frauen sind so, sie können keinen Fehlschlag ertragen. Ich möchte am liebsten –« Finster runzelten sich seine Brauen, und die Lippen schlossen sich fest. »Nein,« sagte er dann entschlossen, »Freund Armitage ist im Gefängnis sicherer. Den jungen Halunken soll sie auf keinen Fall heiraten; ich werde sie vor sich selbst schützen, wenn sie mich auch dafür haßt.«

Achtzehntes Kapitel
Ein Komplott

Am Nachmittag desselben Tages erzählte Dora ihren Freunden von Becks Gastfreundschaft und von dem Frühstücks-tete-a-tete. Norma war sehr ungehalten und außer sich.

»Von dem gutmütigen, angenehmen Mr. Baxter hätte ich nie so etwas für möglich gehalten. Ein verächtlicher Spion! Und zu mir war er so lieb und väterlich, während er Phil zu fassen suchte.«

Dora begriff nicht, wieso sie diese Worte so empörten. Sie schloß die Lippen fest und schwieg; aber als auch Armitage mit der Bemerkung einfiel, er finde dieses Spiel doch reichlich verächtlich und nichtswürdig, konnte sie sich nicht länger halten.

»Das finde ich durchaus nicht,« rief sie so energisch, daß die beiden sie erstaunt ansahen, »im Krieg und in der Liebe ist alles erlaubt. Er hatte sich diesen Schlachtplan entworfen; ich hätte es an seiner Stelle ebenso gemacht. Bedenkt doch, daß Beck auf der Jagd nach einem Verbrecher ist. Du brauchst gar nicht so beleidigt auszusehen, Norma, ich spreche von Becks Standpunkt aus. Alles, was er von Armitage weiß, ist, daß er für Geld ein Telegramm fälschte. Für ihn ist es kein Spiel, sondern Pflicht, seinen Mann zu erwischen.«

»Ja, und dir sei Dank, daß er ihn nicht erwischte,« sagte Norma versöhnlich. »Du brauchst dich nicht so aufzuregen, Dora, ich wollte gar nichts gegen die Detektivs sagen. Ich weiß genau, wer der klügste Detektiv auf der ganzen Welt ist.«

»Ich auch,« sagte Dora mutlos, »aber leider ist es nicht Dora Myrl, mein Kind.«

»Ende gut, alles gut,« warf Armitage dazwischen. »Wie soll ich Ihnen danken, Miß Myrl? Auf den alten Baxter hatte ich nicht den geringsten Verdacht. Sie haben mich trotz meiner blinden Dummheit gerettet.«

»Bis jetzt,« verbesserte Dora.

»Bis jetzt und weiter. Ich denke mir, Freund Baxter wird nun wohl genug haben. Er muß es ja selbst fühlen, daß er eine verächtliche – na, sagen wir wenigstens, eine lächerliche Rolle gespielt hat. Ich möchte wetten, daß wir von ihm nichts weiter hören.«

»Sie würden Ihre Wette verlieren. Sie kennen Beck nicht.«

»Du scheinst ihn nach kurzer Bekanntschaft sehr gut zu kennen, Dora,« sagte Norma mit einem verschmitzten Blick auf die Freundin, der dieser das Blut in die Wangen trieb.

»Ich kenne ihn vom Hörensagen und ich fürchte ihn,« war ihre kurze Antwort.

Armitage behielt insofern recht, als Baxter ihn nicht mehr besuchte. Der seit Monaten auf ihm lastende Druck schien zu weichen, er glaubte sich sicher vor weiterer Verfolgung, und Norma war selig, daß er, wie sie Dora anvertraute, wieder ganz wie früher sei. Beide waren Dora sehr dankbar und versuchten, sie ebenfalls froh und hoffnungsfreudig zu stimmen. Dora aber, sonst eine der heitersten, war niedergeschlagen und kleinmütig. Ihr wurden zu dieser Zeit drei interessante Fälle angeboten, aber sie wies alles zurück, denn sie hatte noch immer das Gefühl einer drohenden großen Gefahr für den Geliebten der Freundin.

Durch ein eigentümliches Zusammentreffen war auch Beck zu dieser Zeit verzagt und mißgestimmt. Er ging auf vierzehn Tage in ein kleines irisches Bad, kam aber noch verstimmter zurück.

»Also hat das kleine Mädel das Spiel gewonnen,« sagte Lamman. »Ich kenne sie recht gut. Hübsches Geschöpf und nicht zu prüde.«

Die Bemerkung war nicht nach Becks Sinn. »Miß Myrl ist eines der entzückendsten jungen Mädchen, die mir je begegnet sind, und ebenso klug wie hübsch.«

»Oho,« rief Lamman laut auflachend, »hat die göttliche Dora es Ihnen angetan? Seien Sie auf der Hut, alter Freund! Salomon war weise und Simson stärker als alle, aber beide sind einer Frau unterlegen.«

»Miß Myrl war mir jedenfalls überlegen,« sagte Beck lachend.

»Aber Sie geben es nicht auf?« forschte Lamman.

Eine wütende Gier klang durch diese Worte und Beck mußte unwillkürlich an Shylock denken, wie er das ihm verfallene Pfund Fleisch verlangt.

»Sie denken nicht daran, die Sache aufzugeben?« fragte Lamman nochmals.

»Nein,« erwiderte Beck ruhig, »ich gebe nie eine Sache verloren.«

Sie hatten in Lammans elegantem Quartier in Park Lane gefrühstückt, und Beck hatte seine wiederholten Niederlagen durch Dora ehrlich erzählt.

»Ich muß etwas andres versuchen,« sagte er, »deshalb kam ich heute zu Ihnen, Lamman. Dabei können Sie helfen.«

»Wenn ich helfen kann, bin ich sehr dabei, darauf können Sie sich verlassen.«

»Bei der Hausse in Marconis – wer war da der Haupthaussier?«

»Das wollte ich sein, aber Armitage, der verfluchte Kerl – machte mich zum Baissier.«

»Aber an wen telegraphierte Armitage? Wer hat am meisten gekauft?«

»Thornton & Sohn waren die Hauptkäufer.«

»Thornton & Sohn! Der Sohn ist vielleicht der Mann, den ich brauche. Sie müssen mir von drüben seine Photographie und alles, was man über ihn erfahren kann, besorgen.«

»Gern; das ist nicht schwer. Ich werde noch heute telegraphieren und werde in einer Woche alles haben, was wir brauchen.«

Dieser Schuß von Beck traf ins Schwarze. Als er nach acht Tagen Lamman in seinem Kontor aufsuchte, fand er ihn seltsam aufgeregt und frohlockend.

»Diesmal haben wir ihn,« rief Lamman, als sich die Tür hinter Beck geschlossen hatte, »es ist sein Doppelgänger.«

»Ruhe, Ruhe,« sagte Beck, »ich vermute, Sie haben die Photographie des jungen Thornton?«

»Hier ist sie. Wenn nicht der New Yorker Photograph darauf stünde, würde ich schwören, es sei Armitage. Aber außerdem habe ich noch genauen Bericht erhalten. Der junge Thornton überwarf sich wegen einer Kontoristin, die er inzwischen geheiratet hat, mit seinem Alten und war über ein Jahr fort, niemand wußte, wo. Aber wir wissen es, was? Alles paßt großartig. Nun haben wir die Beweise, und Armitage ist völlig in die Enge getrieben.«

»So?« fragte Beck.

Diese ruhige Frage dämpfte Lammans Enthusiasmus.

»Aber natürlich,« suchte er bei seiner Meinung zu beharren, »der Fall ist ja ganz klar.«

»Er war immer klar,« sagte Beck. »Sie haben von Amerika nichts erfahren, was ich nicht schon wußte, außer dem Namen und der Adresse dieses Doppelgängers unsres Freundes. Wir brauchen den Beweis, daß Armitage der Beamte Littledale war, und den Beweis haben wir jetzt so wenig wie vorher.«

»Ich wüßte nicht, wie wir stärkere Beweise bekommen könnten.«

»Aber ich! Aber ehe wir unsern Vogel fangen, müssen wir den Käfig bereit haben. Wir müssen den jungen Thornton herüberholen, damit er für uns aussagt.«

»Aber er ist Armitages Verbündeter.«

»Um so besser für uns.«

»Außerdem ist er in New York.«

»Wir müssen ihn herüberlocken. Der Plan ist einfach genug. Wir müssen ihn mit einem Geheimtelegramm im Namen seines Freundes Armitage fangen. Diesen Yankees ist eine Reise nach England nicht mehr als uns eine Fahrt nach einem Vorort von London, und Thornton wird keine Dora Myrl zur Seite haben. Ist er erst hier – so werde ich als Freund von Armitage – die Rolle kann ich gut spielen – wohl alles Nötige aus ihm herausholen.«

»Aber wird er kommen?« fragte Lamman zweifelnd.

»Er kommt sofort, davon bin ich überzeugt. Er und Armitage sind Diebsgenossen, wie Sie selbst soeben noch sagten. Daß er nicht käme, fürchte ich absolut nicht.«

»Was gibt es denn sonst zu fürchten?«

»Miß Dora Myrl.«

Lamman lachte geräuschvoll. »Hören Sie, Beck, Dora Myrl spukt bei Ihnen im Oberstüb-
chen, und wenn Sie nicht solch ein gleichgültiger Mensch wären, würde ich denken, Sie wären
verliebt. Wie kann Dora denen helfen oder uns etwas in den Weg legen drüben überm Ozean?«

»Wenn Sie ein bißchen nachdenken, wird es Ihnen von selbst einfallen. Als Knabe las ich
mal ein Buch ›Versetz dich in seine Lage‹; das muß ein Detektiv stets tun. Wenn wir also an
Thornton so telegraphieren, daß er gerade mit dem nächsten Dampfer noch abreisen kann,
was wird er dann voraussichtlich tun?«

»Abreisen – wenn Sie sich nicht in ihm irren.«

»Und was noch?«

»Herüberkommen; logische Folgerung, wenn er einmal an Bord gegangen ist.«

»Na ja, aber dieser moderne, gewandte junge Mann wird vor der Abreise sicher an seinen
Freund Armitage telegraphieren, daß er kommt. Und Armitage wird als erstes die Depesche
Dora Myrl zeigen.«

»Wieder Dora Myrl,« sagte Lamman halblaut.

»Und was wird sie tun?«

»Ich gebe es auf. Ich bin kein Prophet. Wie kann ich vorhersagen, was sie tun wird?«

»Ich glaube, ich kann es. Sie wird unsern Plan sofort erraten und ihr Möglichstes tun, um
ihn zu vereiteln. Wenn Thornton durch Funkenspruch zu erreichen ist, so wird sie ihm mitteilen, daß er getäuscht worden ist, und wird ihn bitten, in Queenstown an Land zu gehen,
um Botschaft von Armitage zu erwarten. Dem muß ich entgegenwirken, aber vermutlich wird
sie ihre Karten ebenso mischen wie ich die meinigen. Jedenfalls je eher wir die Sache anfassen
um so besser. Wir wollen Thornton morgen die Depesche schicken, damit er gerade noch die
›Celtic‹ erreichen kann.«

Neunzehntes Kapitel
Gegenkomplott

Armitage lachte, als er das Telegramm in der wohlbekannten Geheimschrift las. Es war von der »Celtic« aufgegeben und sehr kurz: »Komme natürlich, direkt Savoy London. Besuche mich gleich nach Ankunft. Thornton.«

»Na, das ist reichlich durchsichtig,« dachte Armitage. »Paul Beck kann nicht so gerieben sein, wie Dora sich einbildet, sonst würde er nicht denselben Trick zweimal versuchen. Gewarnt ist halb gerettet und ich gehe ihnen nicht wieder in die Falle.«

Er zerriß die Depesche, besann sich dann aber eines andern. »Vielleicht haben die Mädchen ihren Spaß daran,« dachte er und schob das Telegramm unter seinen Teller; »wenn Lamman, Beck und Co. nichts Besseres mehr wissen, habe ich nicht viel zu fürchten. Sie scheinen am Ende ihrer Weisheit angelangt.«

Mehr und mehr wuchs in ihm die Überzeugung, daß er jetzt endlich sicher sei. Nie war ihm das Gefühl des Gehetztseins so zum Bewußtsein gekommen wie jetzt, wo er sich davon befreit fühlte. Er hatte sich eine Zigarre angezündet, und während er behaglich den aufsteigenden blauen Wölkchen nachsah, war er erfüllt von freudigen Zukunftsgedanken. Er sah sich im Geiste mit Norma auf der Hochzeitsreise in Italien. Sie hatten schon Pläne gemacht, welche Städte sie besuchen wollten. Er war früher schon dort gewesen und freute sich nun darauf, der Geliebten so viel Schönes zu zeigen. Rom, Neapel, Pompeji, Venedig, Mailand, Florenz und die wunderbare Alpenwelt mit den tiefgrünen Seen wollten sie zusammen genießen. Zusammen – vereint für immer – dieser Gedanke überwältigte ihn fast. Er konnte nicht länger ruhig sitzen und begann rastlos im Zimmer auf und ab zu gehen, durchglüht von der Vorahnung süßesten Glückes.

Um vier erwartete ihn Norma zum Tee, und er erschien mit der Pünktlichkeit des ungeduldigen Liebhabers eine volle halbe Stunde zu früh.

Norma war noch allein, denn Dora Myrl war verständig und rücksichtsvoll und gönnte dem jungen Paar eine kleine Plauderstunde. Armitage zeigte seiner Braut das Telegramm. Sie sprachen und lachten darüber und amüsierten sich wie Liebende, um die die Außenwelt versinkt.

Nach einer Stunde – dem jungen Paar war es wie nach wenigen Minuten – erschien Dora auf der Bildfläche.

»Es tut mir wirklich leid, daß ich euch stören muß, aber ich bin dem Verschmachten nahe. Vielen Dank, Norma, ja, viel Sahne bitte. Mr. Armitage, Sie sehen heute ganz unverdient glücklich aus, das kann nicht allein die Liebe tun. Haben Sie etwa gehört, daß unser werter Freund Lamman bei einem Automobilunfall verunglückt ist?«

»Das nicht,« antwortete er lachend, »aber ich glaube, wir brauchen uns keine grauen Haare mehr um ihn wachsen zu lassen. Er und Ihr berühmter Paul Beck scheinen mit ihrem Latein zu Ende.«

»Mein Paul Beck! Warum sagen Sie das, Mr. Armitage? Was soll das bedeuten?«

»Beißen Sie mich nur nicht! Ich wollte Sie nicht kränken. Er gehört Ihnen nach dem Recht des Siegers. Sie hatten ein paar scharfe Waffengänge mit ihm um meinetwillen und schlugen ihn jedesmal. Ich kann Ihnen wirklich gar nicht sagen, wie dankbar ich Ihnen bin,« setzte er mit plötzlichem Ernst hinzu.

»Und ich, Liebste,« flüsterte Norma und drückte die Hand der Freundin.

»Sie werden auch froh sein, wenn Sie hören, daß das Spiel nun so gut wie ausgespielt ist,« fuhr Armitage fort.

»Aber wie können Sie das wissen?«

»Weil sie auf ihre alten Kunststückchen zurückverfallen. Sie entsinnen sich des Briefes, der mich ohne Ihr Dazwischenkommen unfehlbar in ihre Hände gelockt hätte? Heute morgen habe ich ein Seitenstück dazu bekommen, derselbe Leim wie damals. Ich soll Thornton im Savoy aufsuchen, der kommt extra von New York herüber, um mich zu sehen. Wahrlich ein schwacher Streich des Altmeisters Beck, finden Sie nicht auch, Miß Myrl?«

Er lächelte spöttisch; Doras offen eingestandene Furcht vor Beck hatte ihm immer Spaß gemacht. Keinem Mann gefällt es übrigens, wenn ein hübsches und kluges Mädchen einen andern Mann für sehr viel klüger hält als ihn selbst.

Dora Myrls Antlitz erwiderte sein Lächeln nicht, sondern sie sagte: »Haben Sie das Telegramm bei sich? – Danke. – Nein, bitte,« sie hob abwehrend den Finger, als er etwas sagen wollte, »einen Augenblick! Lassen Sie mich in Ruhe lesen.«

Sie las, nicht einmal, sondern dreimal, und ihr Ausdruck wurde immer ernster.

»Aber Dora,« rief Norma, »was ist dir denn? Du siehst ja aus, als ob du die Todesanzeige eines guten Freundes bekommen hättest.«

»Tut's Ihnen leid um Paul Beck?« fragte Armitage immer noch lächelnd, »der allwissende und allmächtige Detektiv ist recht klein geworden, nicht wahr?«

»Es tut mir leid um Sie, Mr. Armitage,« gab Dora scharf zurück, »daß Sie einen Mann wie Beck auf Ihrer Fährte haben. Dies,« sie zeigte mit dem Finger auf das Papier, »ist sehr ernst zu nehmen.«

»Ach, Dora,« rief Norma erschrocken, »ich dachte, die Gefahr sei vorüber.«

»Ich bin vielleicht etwas schwer von Begriff,« sagte Armitage noch in voller Ruhe, »aber ich weiß wirklich nicht, was hieran so ernst sein könnte. Sie glauben doch nicht, daß ich diese freundliche Einladung annehme? Immer herein, meine Herrschaften, sagt auch die Spinne im Netz zu den Fliegen.«

»Und Sie glauben, daß Beck oder Lamman Ihnen die Depesche geschickt haben?« fragte Dora mit leiser Ungeduld. »Warum?«

»Warum schickten sie mir damals den chiffrierten Brief?«

»Aber sehen Sie denn nicht, daß das etwas ganz andres war? Damals hofften sie, Sie unvorbereitet zu fassen, wenn Sie mit ihnen zusammenstießen. Das können sie jetzt nicht mehr hoffen, selbst wenn sie töricht genug wären, dieselbe List, die Sie längst durchschaut haben, noch einmal zu versuchen.«

»Die *Sie* längst durchschaut haben,« warf er ein.

»Das ist ja Nebensache,« fuhr sie ungeduldig fort. »Sie wissen, daß ihre List durchschaut ist und allmählich müßten Sie, Herr Armitage, doch auch herausgefunden haben, daß Paul Beck kein Hanswurst ist.«

»Was halten *Sie* denn von dem Telegramm?«

»Ich muß darüber nachdenken,« sagte sie langsam, »ich habe das Gefühl, daß es Gefahr in sich birgt. Die beiden sind entschieden um einen Schritt vorwärts gekommen. Erinnern Sie sich an den ersten Brief? Der hatte keine Unterschrift. Hier aber steht Thorntons Name. Das gefällt mir nicht.«

»Aber –« begann Armitage wieder.

»Geben Sie mir ein paar Minuten Zeit,« bat sie, »ich glaube, ich sehe den roten Faden.«

Ihre Ungeduld war vorüber, alle Gedanken konzentrierten sich auf dieses Rätsel.

Phil Armitage und seine Braut saßen eine lange Weile still und beobachteten ihr Gesicht. Mit halbgeschlossenen Augen, gerunzelter Stirn und fest verschlungenen Fingern rang Dora mit diesem Problem.

»Ich glaube, ich hab's,« sagte sie endlich, wobei die Spannung in ihren Zügen plötzlich nachließ. »Hören Sie mich an, Mr. Armitage, und du auch, Norma. Zuerst wollen wir die Idee, daß das Telegramm Sie bewegen sollte, mit denen da zusammen zu treffen, gänzlich ausschalten. Sie müssen ja wissen, daß der Trick mißlingt. Aber wie kommt Thorntons Name unter die Nachricht? Ich glaube, daß er selbst kabelte.«

»Aber dann ist ja alles in schönster Ordnung,« sagte Armitage aufatmend. »Thornton kann ich vertrauen wie mir selbst. Was zum Kuckuck mag er nur hier wollen?«

»Das ist die Hauptfrage, und ich denke, ich weiß die Antwort darauf: Beck und Lamman stecken dahinter. Sie haben seinen Namen und seine Adresse ausfindig gemacht, sich vielleicht sogar seine Photographie verschafft. Für Paul Beck war das einfach genug; er wird sich nur gefragt haben, wem die Marconiaffäre am meisten einbrachte. Nun haben sie ihm natürlich in

Ihrem Namen gekabelt und ihn dringend gebeten, herüber zu kommen. Wenn Sie die Depesche nochmals lesen, werden Sie sehen, daß sie einfach eine Antwort auf eine Botschaft von Ihnen ist.«

»Aber weshalb sollten die beiden wünschen, daß er mir kabelt?«

»Das wünschten sie natürlich nicht. Darin liegt der schwache Punkt ihres Plans. Es war vorauszusehen, daß er Ihnen telegraphierte, dagegen konnten sie nichts tun. Nun müssen wir überlegen, wie wir jetzt stehen. Wenn ich das Rätsel richtig gelöst habe, ist Thornton bereits auf der ›Celtic‹ unterwegs – wie er glaubt, auf Ihren besonderen Wunsch. Paul Beck wird wohl seine Photographie haben und gedenkt ihn bei seiner Ankunft in Liverpool zu empfangen; er erzählt ihm irgend eine glaubhafte Geschichte, warum Sie ihn zum Empfang schicken. Erst wird er alles aus ihm herauslocken, was er wissen will und hinterher vor Gericht wird er ihn als Zeugen aufrufen. Nun, Mr. Armitage, was halten Sie von meiner Lösung?«

»Sie ist nur zu wahrscheinlich. Ich bezweifle gar nicht, daß Sie recht haben. Wie maßlos dumm bin ich gewesen!«

»Dora, das ist ja schrecklich. Jetzt eben waren wir noch so glücklich und lachten über die Depesche. Wir glaubten, die Gefahr sei vorüber, und nun ist sie mit doppeltem Schrecken wieder da. Hast du keinen Plan, Liebste, diesen schrecklichen Beck zu überlisten?«

»Sag' schrecklicher Lamman, wenn du willst, Norma, aber bedenke, daß Beck sich nur müht, einen Verbrecher zu erwischen.«

»Phil ein Verbrecher! Dora, schämst du dich nicht?«

»Beck hält ihn doch dafür.«

»Dann ist Beck ein Narr.«

»Für dich und Mr. Armitage wäre es ein Glück, wenn er einer wäre, er ist aber kein Narr. Wir wollen uns nicht um Beck zanken. Wir müssen ihn überlisten, wenn wir können; ich habe mir etwas ausgedacht, das vielleicht zum Ziel führt.«

»Das wird es gewiß.«

»Ich bin dessen nicht so sicher; immerhin müssen wir unser Möglichstes tun und im übrigen auf die Vorsehung bauen. In drei bis vier Tagen wird Ihr Freund durch drahtlose Telegraphie zu erreichen sein, Mr. Armitage. Sie müssen ihm drahten, er solle in Queenstown von Bord gehen, dorthin würden Sie einen Vertreter mit Briefen und Beglaubigungsschreiben senden.«

»Aber warum soll ich ihn nicht selbst erwarten? Wo nehme ich einen Vertreter her?«

»Das ist doch Dora natürlich,« fiel Norma ein, »du bist wirklich dumm, Phil. Dora wird die ganze Sache in die Hand nehmen.«

»Ich halte es nicht für sicher, wenn Sie selbst hinfahren,« erklärte Dora; »vermutlich werden Sie beaufsichtigt und verfolgt, und an Verkleidungen sind Sie nicht gewöhnt. Wenn Sie Vertrauen zu mir haben –«

»Natürlich haben wir Vertrauen zu Ihnen, aber –«

»Dora, du bist unser Schutzengel,« flüsterte Norma.

»Solch hartes Stück Arbeit ist wohl noch nie einem Schutzengel aufgebürdet worden,« sagte Armitage. »Nein, eine Reise nach Irland und zurück, das hieße Ihre Güte mißbrauchen, Miß Myrl. Nebenbei könnte die Sache gefährlich werden, diese Schurken werden vor nichts zurückschrecken.«

Doras Augen blitzten zornig auf, doch bezwang sie sich. »Wir haben es nur mit einem Schurken zu tun, und der hat nichts zu bedeuten! Wie ich Ihnen schon mehr als einmal sagte, weiß ich manches von Paul Beck, aber Sie wissen nichts über ihn. Man nennt ihn den Don Quijote der Detektivs, und jeder weiß, daß er nie gegen eine Frau unhöflich oder grob wird. So wollen wir das ruhen lassen, wenn Sie sonst mit meinem Plan einverstanden sind.«

»Einverstanden? Selbstverständlich. Ich wüßte nicht, wie der Plan mißlingen sollte.«

Norma warf einen angstvollen Blick auf das ernste Gesicht der Freundin. »Du glaubst doch nicht, daß es mißlingt, Dora?«

»Ich weiß nicht. Ich fürchte Paul Beck.«

Zwanzigstes Kapitel
Ein Zusammentreffen

Ein etwas geziertes, sehr adrett gekleidetes altes Dämchen mit falschem Vorderhaar nahm sich eine Fahrkarte erster Klasse von Euston nach Queenstown, und übergab dem Gepäckträger ihren Handkoffer mit vielen Ermahnungen.

»Ich nehme ihn mit ins Coupé,« sagte sie mit einem leis nasalen Ton, »auf der Bahn geht immer irgend etwas verloren. Erster, bitte! So, danke schön,« und mit spitzen Fingern legte sie ein Sixpencestück in die breite Hand. Das alte Jüngferchen war anscheinend das Reisen gewöhnt. Fast eine halbe Stunde war sie zu früh gekommen, machte es sich mit Kissen und Decken in ihrer Ecke recht gemütlich, nahm aus einer kleinen Tasche, die mit dem Handkoffer ihr ganzes Gepäck bildete, ein Buch und richtete sich auf ein behagliches Lesestündchen ein.

Die Verkleidung war vorzüglich. Dora hatte sie sowohl an Norma wie an Armitage ausprobiert, die beide nicht die leiseste Ahnung hatten, wer hinter dem alten Dämchen steckte, das mit einer amerikanischen Sammelliste zu ihnen kam. Und doch fühlte die sich nicht ganz sicher. Nie zuvor hatte sie solche Mühe auf eine Verkleidung verwendet, war auch nie so zufrieden mit dem Resultat gewesen, und doch fürchtete sie noch ein scharfes Augenpaar.

Der Bahnsteig begann sich zu füllen. Obwohl sie ganz vertieft in ihr Buch schien, entging den scharfen Augen hinter den Brillengläsern keiner der Vorübergehenden. Viele bekannte Menschen sah sie. Der Staatssekretär von Irland ging den Bahnsteig entlang mit seinem Privatsekretär und nickte dem Parlamentsmitglied Mr. Donnelly, einem sehr bekannten und beliebten Abgeordneten aus dem Süden Irlands, freundlich zu. Außerdem verschiedene bekannte Sportsleute; zu ihrem stillen Vergnügen sah Dora auch einen Taschendieb, einen Meister in seinem Fach, den sie einmal kennen gelernt, langsam den Bahnsteig entlang schlendern. Sie vermutete ihn auf dem Weg zu einem der großen irischen Rennen und bedauerte, daß sie diesmal darauf verzichten mußte, ihn näher kennen zu lernen.

Dora hatte nur drei Damen als Reisegefährtinnen in ihrem Coupé und überließ sich aufatmend ihrer interessanten Lektüre, denn sie fühlte sich sicher, da Paul Beck nicht ihr Reisegefährte war. Es war schon etwas wert, daß man ihr nicht von Anfang an folgte; das bewies, daß der listige Beck diesmal ihren Feldzugsplan nicht vorausgesehen hatte.

Sie war einen Tag zu früh abgereist, um nicht durch irgendwelche Zufälligkeiten aufgehalten zu werden. Sie beabsichtigte, sich den Tag in Dublin auszuruhen und abends nach Queenstown zu fahren, wo am nächsten Vormittag die »Celtic« fällig war.

Dora liebte eine schnelle Eisenbahnfahrt und machte nie ein Hehl daraus, daß ihr ein Coupé erster Klasse bequemer und weit angenehmer war, als das modernste Automobil – kein Staub und eigentlich doch ohne Gefahr. Ein Automobil sei sehr gut, wenn man Eile habe und es keinen Zug gäbe, aber zum Vergnügen . . . . Niemals ließ man sie den Satz beenden, denn die Geringschätzung in ihrem Ton klang zu herausfordernd.

Wie bei einer echten Amerikanerin – wenn Dora eine Rolle spielte, so arbeitete sie sie aus bis in die feinsten Einzelheiten – war Doras Frühstückskorb vorzüglich ausgerüstet. Nachdem sie ihre Candys mit den andern Damen geteilt, machte sie Tee auf einer entzückenden kleinen Maschine, die sie in einer Ecke ihres Frühstückskorbes bequem zur Hand hatte und taute dadurch die britische Steifheit so völlig auf, daß sie von einer Dame eine herzliche Einladung, sie in London zu besuchen, erhielt und von einer andern, die in Chester ausstieg, hörte, wie sie ihrem Gatten von der Liebenswürdigkeit der Amerikanerinnen vorschwärmte, sobald man nur der richtigen Klasse begegne.

Auch an Bord des Dampfers erprobte sie ihre gute Verkleidung und ihre Rolle. Sie wäre fast mit dem irischen Abgeordneten, Mr. Donnelly, dem sie einmal vorgestellt war, zusammengeprallt. Er erkannte sie natürlich nicht, entschuldigte sich aber gutmütig wegen seiner Ungeschicklichkeit und holte ihr höflich einen Deckstuhl an ihren Platz an der Reeling. Er pflanzte sich neben ihr auf und begann eine Unterhaltung. Es war klar, auch er hielt sie für eine Amerikanerin. Er war zweimal drüben gewesen und sprach mit beredter Zunge in seinem weichen irischen Dialekt über die Menschen und Einrichtungen dieses wunderbaren Landes, wandte sich aber häufig an ihr besseres Urteil und war ebenso geneigt, zuzuhören, wie selbst zu sprechen. Nach einer Weile gelang es ihr, ihn auf sein eigenes Land zu bringen, und nun hatte sie ihre helle Freude an seinen mit boshaftem Humor vorgetragenen Schilderungen. Sie war ganz entzückt von seinen irischen Anekdoten und freute sich, als er ihr erzählte, daß er sich auch auf der Reise nach Queenstown befinde, wo er vor seinen Wählern sprechen wolle, und daß sie am folgenden Abend mit dem gleichen Zuge fahren würden.

In Dublin gefiel es Dora sehr gut. Ihr Zimmer im Hotel sah auf einen weiten, prachtvoll angelegten Garten, wo die blauen Spitzen der Dubliner Berge über die fernen Häuser herübergrüßten. Überall die größte Freundlichkeit und Gefälligkeit bei den Angestellten sowie bei den andern Hotelgästen; es war ein sehr angenehmer Gegensatz zu der kühlen Höflichkeit in den besten Hotels auf der andern Seite des Wassers. Den Tag verbrachte sie damit, die Sehenswürdigkeiten in Dublin in Augenschein zu nehmen, fuhr mit der Bahn hinaus nach den berühmten Phönixgärten, kletterte auf die Nelsonsäule hinauf, von wo sie über all den Dächern, Schornsteinen und Kirchtürmen einen wundervollen Ausblick hatte. Dublin ist eine Stadt mit vielen Kirchen, und sie konnte von ihrem Standpunkt noch einen Streifen der silberschimmernden Bucht erkennen. Dann besuchte sie die beiden alten Kathedralen.

Sehr erfreut war sie, als sie ihren neuen Freund, Mr. Donnelly, auf dem Bahnsteig traf, und er ihr seine Gesellschaft für die lange, langweilige Nachtreise anbot.

Sie hatten ein Coupé für sich allein dank der Beliebtheit des bekannten Abgeordneten, den Gepäckträger wie Schaffner mit respektvoller Vertraulichkeit behandelten. Dora fand in ihm den angenehmsten Menschen, der ihr je begegnet – mit einer einzigen Ausnahme – und diese Ausnahme war der Mann, dem sie am wenigsten zu begegnen wünschte. Ihr neuerwachtes Interesse an Irland erhöhte seinen Eifer, ihr von seinem Ländchen zu erzählen. Er liebte entschieden seine Heimat und seine Landsleute sehr. So manches Geschichtchen aus der guten alten, wie aus der Jetztzeit hatte er zu erzählen, und sie lauschte gern seinem weichen melodischen, südlichen Dialekt.

Höchst angenehm floß die Zeit dahin. Dora braute eine duftende Tasse Tee mit ihrem famosen amerikanischen Apparat, und die beiden genossen das einfache Mahl und plauderten wie alte Freunde – amerikanisch und irisch. Nach einer Weile bemerkten die scharfen Augen des Mädchens, daß der Mann anfing, schläfrig zu werden, und mit amerikanischem Freimut sagte sie es ihm auf den Kopf zu.

Und ebenso ehrlich gab er diese leichte Schwäche zu. »Gestern abend habe ich mit Bekannten noch ziemlich lange Karten gespielt,« gestand er, »ich konnte nicht gut aufhören, da ich andauernd gewonnen hatte und sie ihre Revanche forderten. Ein Nickerchen von zwanzig Minuten, wenn Sie nichts dagegen haben, und ich bin wie neugeboren.«

Sie hatte nichts dagegen; sie bestand sogar darauf, ihm ihr Luftkissen zu leihen, und zeigte ihm, wie man es am bequemsten hinlegte. »Ich werde inzwischen lesen, ich habe in meiner Tasche ein sehr interessantes Buch.«

»Nun kann ich Ihnen wieder dabei helfen,« sagte er gutmütig, »denn ich habe eine Lampe in meiner Tasche.« Er nahm seine Tasche herunter, öffnete sie, wühlte eine Zeitlang darin herum und brachte schließlich eine elektrische Lampe zum Vorschein, die mit Haken versehen war, an denen man sie an der Polsterung befestigen konnte.

»Ich reise so viel,« erklärte er, »und lese unterwegs auch gern. Erlauben Sie, bitte.«

Er suchte die Lampe über ihrem Kopf zu befestigen, stellte sich aber etwas ungeschickt dabei an, und zufällig berührten sich ihre Hände, als ihre gewandten Frauenfinger zugriffen, um die Haken festzumachen. Das Licht fiel klar und voll auf die Seite ihres Buches. Sie lächelte Donnelly dankend zu, der gleichfalls lächelnd zu ihr aufsah, während er die Riemen um seine Tasche wieder festschnallte.

Plötzlich durchzuckte sie der Gedanke, daß er jemand, den sie kannte, sehr ähnlich sei. Einige Augenblicke zerbrach sie sich den Kopf darüber, dann wie durch einen Blitzstrahl wurde die Ungewißheit erleuchtet. Das liebenswürdige Lächeln, das eine ebenmäßige Reihe sehr weißer

Zähne zeigte, die Kopfform, das schelmische Zwinkern der klaren blauen Augen. Er sieht aus wie – nein, Herr des Himmels, es *ist* Paul Beck!

Fast instinktiv hob sie ihr Buch so hoch, daß ihr Gesicht dahinter verborgen war, denn sie fühlte, wie sie erblaßte unter dieser lähmenden Erkenntnis. Ihre erste Sorge galt ihrer kleinen Handtasche, die ihre Briefe und Ausweise enthielt. Gott sei Dank, sie lag sicher neben ihr. Sie fuhr mit der Hand durch den ledernen Bügel und prüfte das Schloß. Es war noch fest verschlossen, und sie atmete erleichtert auf, daß sie dieser Gefahr entronnen war.

Sie, die sonst stets gelassene und selbstbewußte Dora, zitterte vor Angst und Aufregung. Die Klugheit und Kühnheit dieses Mannes und die absolute Vollkommenheit seiner Nachahmung erschreckten sie. Er hatte sich den irischen Abgeordneten, dem er ähnelte, zum Vorbild genommen und kopierte ihn täuschend, sowohl im Äußern, in der Kleidung, Haltung, wie in Sprache und Benehmen. Dora, deren Lebensaufgabe darin bestand, sich zu verstellen und die Verkleidungen andrer zu erforschen, die außerdem beide persönlich kannte, den Nachahmer so gut wie das Original, hatte sich vollkommen täuschen lassen. Über ihr Buch warf sie einen vorsichtigen Blick auf den ruhig schlummernden Mr. Donnelly. Mit voller Natürlichkeit hatte er sich so gelegt, daß sein einer Arm das Gesicht gegen das Licht beschattete, man sah nur die Spitzen des Bartes. Seine sorglose Haltung würde Doras Überzeugung noch verstärkt haben, wenn ihr ein Zweifel geblieben wäre. Sie wußte, er war es. Gedanken und Befürchtungen sausten und brummten ihr durch den Kopf wie ein mit voller Kraft arbeitender Motor.

Hatte er sie erkannt? das war die quälendste Frage. Zuerst glaubte sie es bestimmt, er war ihr offenbar gefolgt, und keine Verkleidung, das fühlte sie, würde vor seinem durchdringenden Scharfsinn bestehen. – Dann kam ihr ein tröstlicher Gedanke. Wenn ihr Zusammentreffen nun wirklich Zufall war? Durch langjährige und höchst merkwürdige Erfahrungen war Dora dazu geneigt, dem Zufall große Macht einzuräumen. Beck würde versuchen, Thornton abzufangen sobald er erreichbar war. Sie hatten beide denselben Gedanken gehabt. Queenstown bot ihm die beste Chance, genau so wie ihr; so kam es, daß sie beide denselben Zug benutzten. Eines beruhigte sie, sie hatte ihre Tasche mit den Briefen und Beglaubigungen sicher am Arm und Beck konnte ohne diese nichts ausrichten. Hätte er sie erkannt, so würde er auch erraten, was das Täschchen enthielt, und es ihr gewiß auf irgendeine Weise entwenden. Sie hatte mehr Glück als Verstand gehabt, daß sie so weit noch sicher war. Sie zitterte bei dem Gedanken, daß sie sich in der Höhle des Löwen befand.

Als Mr. Donnelly aus kurzem Schlummer erwachte, fand er das kleine amerikanische Dämchen noch ebenso freundlich und gesprächig wie vorher. Auch er spielte seine Rolle mit einer Leichtigkeit und Gewandtheit weiter, die ihren künstlerischen Sinn trotz aller Angst entzückte. Nicht ein einziges Mal überschritt er die Grenze voller Natürlichkeit. Selbst die wohlverwahrte kleine Tasche an ihrem Arm vermochte ihre abergläubische Furcht vor diesem Mann nicht völlig zu beschwichtigen.

Auf dem Bahnsteig in Queenstown war ein solches Gedränge, daß Miß Penelope Putman, die besorgt ihr kostbares Täschchen festhielt, nicht vorwärts, durch die Menge, kommen konnte.

Mr. Donnelly eilte sofort zu ihrem Beistand herbei. Jeder schien Donnelly hier zu kennen und machte ihm bereitwillig Platz. »Wenn Sie einen Augenblick hier warten wollen, Miß Putman,« sagte er, »will ich Ihnen einen Gepäckträger und einen Wagen zum Hotel besorgen. Queens Hotel sagten Sie, nicht wahr?«

Sie dankte ihm in dem angenehmen Bewußtsein, ihr Täschchen fest und sicher in der Hand zu halten. Er eilte durch die Menge und kehrte bald mit einem Gepäckträger zurück, der den Handkoffer für Miß Putman zum Wagen trug.

Ihr Täschchen fest in der Hand, kletterte sie mit Donnellys Hilfe auf das hohe offene zweiräderige Wägelchen. Er legte ihr das Kissen noch bequem in den Rücken und stopfte die Decke fest um ihre Knie und Füße, mit übertriebener Sorgfalt, wie sie dachte, denn das Hotel war nicht weit vom Bahnhof.

»Und Mike, sorgen Sie gut für die Dame,« rief Donnelly.

»Ja Herr, darauf können Sie sich verlassen,« war die muntere Antwort. Mike knallte mit der Peitsche, und das leichte Gefährt setzte sich in einem Tempo in Bewegung, daß Dora Hören und Sehen verging.

Rasch sauste der leichte Wagen eine Straße von Queenstown hinunter, dann eine andre hinauf, darauf ging es erst nach rechts, dann nach links, eine kleine Vorstadt flog vorbei, und nach kaum zehn Minuten waren sie auf dem Lande.

Mit Windeseile ging es die gute Chaussee entlang, die sich in dem klaren Mondschein endlos vor ihnen dehnte.

Dora klammerte sich fest an den dahinsausenden Wagen. Einen Augenblick meinte sie, der Mann habe sie falsch verstanden, deshalb zupfte sie ihn mit der freien Hand am Ärmel. Er wandte ihr sein gutmütiges Gesicht zu, und sie suchte mit dem Namen des Hotels den Lärm der Räder und der Pferdehufe zu übertönen.

Er grinste, nickte und feuerte seinen Gaul mit einem erneuten Peitschenhieb zu geradezu wahnsinniger Eile an. Sie flogen nur so dahin.

Dora war verblüfft und wütend. Was bedeutete das? Raub, am Ende gar Mord! Sie hatte grauenhafte Geschichten von der Wildheit der Irländer gehört und ihre Hand erfaßte den kleinen Revolver, den sie immer bei sich trug. Aber das Gesicht des Kutschers war weder das eines Räubers noch das eines Mörders. Sein gutmütiges Grinsen und das Zwinkern seiner hellblauen Augen deutete eher auf innerliches Behagen, wie man es etwa bei einem wohlgelungenen, übermütigen Streich empfindet.

Sie waren wohl reichlich sechs Kilometer gefahren, als der Kutscher sein Pferd in langsameren Gang versetzte und sich mit einschmeichelndem Lächeln an seinen Fahrgast wandte.

»Sie wünschten mich zu sprechen, Fräulein?«

»Wohin fahren Sie mich?«

»Nach Cork.«

»Das ist aber ein Irrtum, ich wollte ja nur nach Queenstown.«

»Soo? Ja, das ist dann woll 'n großer Irrtum, aber ganz allein Ihrer, Fräulein, denn nun geht's nach Cork, der schönen Stadt. Und eine schöne Nacht haben Sie für die Fahrt, dem Himmel sei Dank.«

Da tauchte ein plötzlicher Verdacht in ihr auf. Das war Paul Becks Werk, er hatte sie also doch erkannt und schickte sie auf diese tolle Irrfahrt. Die Antwort auf ihre nächste Frage wußte sie, noch ehe sie die Frage gestellt.

»Und warum fahren Sie mich nach Cork, wenn ich in Queenstown bleiben will?«

»Weil Mr. Donnelly es mir so aufgetragen hat.«

Da war es heraus, sie war in die Falle gegangen. Sie war so wütend, daß sie den Kopf verlor und schrie: »Der Mann ist gar nicht Donnelly, sondern ein Betrüger.«

»Wenn Sie mir einreden könnten, daß ich nicht Mike Tracy, sondern mein eigener Zwillingsbruder bin, dann würde ich Ihnen auch das glauben. Ich kenne Mr. Donnelly und kann ihn wohl von 'nem hergelaufenen Kerl unterscheiden.«

»Ich zahle Ihnen das Doppelte, was er Ihnen gab, wenn Sie mich sofort nach Queenstown zurückbringen. Ich weiß nicht, was er Ihnen gegeben oder versprochen hat, aber von mir erhalten Sie auf der Stelle zwanzig Pfund.«

Mike zuckte nur die Achseln. »Meinen Sie denn, daß es mir nur um das schmutzige Geld zu tun ist? Nicht einen Heller hat mir Mr. Donnelly gegeben oder versprochen, und ich würde auch keinen Heller von ihm annehmen.«

»Mike,« flehte sie nun, »bitte bringen Sie mich zurück. Ich bin fremd hier im Land, aber ich habe stets gehört, daß die Irländer gut sind zu Frauen und Kindern. Ich muß morgen früh in Queenstown sein.« Sie wischte ihre Brillengläser ab und sah mit bittenden Augen zu ihm auf.

»Warum müssen Sie?« fragte er mürrisch, »antworten Sie mir. Nur um den amerikanischen Dampfer bei seiner Ankunft zu erreichen?«

»Ja, ja.«

»Sind Sie ein Detektiv?« Sie zögerte einen Augenblick; das genügte dem gewitzten Irländer. »Keine Antwort ist auch 'ne Antwort. Sie sind morgen früh besser in Cork aufgehoben.«

»Aber warum?«

»Ich schwatze nicht aus der Schule. Aber schließlich kann es ja nun nichts mehr schaden, wenn ich die Wahrheit sage. ›Mike‹, sagte Mr. Donnelly vorhin am Bahnhof, ›eine Dame kommt von Dublin, um morgen früh den Dampfer hier abzuwarten. Sie ist ein Detektiv,‹ sagte er, ›und auf dem Dampfer kommt ein junger Mensch herüber, für den hat sie keinen schönen Willkommengruß. Verstehst du?‹

›Versteh',‹ sag ich, ›dann ist sie besser in Cork aufgehoben als in Queenstown, Euer Gnaden.‹ Dazu nickte er und lachte. »Und darum kommen Sie nach Cork, so flink der beste Gaul weit und breit Sie dahin bringen kann.«

Wieder knallte er mit der Peitsche, und sie flogen dahin. In rascher Fahrt ging es durch eine liebliche Landschaft im klaren Mondschein. Riesige Bäume warfen ihre schwarzen Schatten über den Weg. In der Ferne tauchte eine Bergkette auf, die sich scharf gegen den mondhellen Himmel abhob.

Dora besaß ein gutes und sicheres Urteil über andre Menschen und fühlte instinktiv, daß bei diesem breitsprechenden Irländer weder Bitten, Flehen noch Bestechung fruchten würde.

»Darum kommen Sie nach Cork.« Diese Worte waren unerschütterlich wie das Schicksal, deshalb gab sie sich keine weitere Mühe.

Der Kutscher war eine mitteilsame Natur, und Schweigen war ihm eine Qual; daher begann er wieder ein Gespräch.

»Wenn ich meine Meinung sagen darf,« fing er an, »so find' ich das ein merkwürdiges Geschäft für 'ne Dame wie Sie. Sogar ein Mann schämt sich doch manchmal. Was hat Ihnen denn der arme Junge aus Amerika getan, daß sie ihn durchaus einsperren wollen?«

»Aber ich will ihn ja gar nicht einsperren; ich will überhaupt keinen Menschen einsperren; ich möchte im Gegenteil einen Mann vor dem Gefängnis bewahren, wenn Sie mir nur glauben wollten.«

»Ja, sehen Sie, meine Gnädige,« unterbrach er sie »ich will ja gern höflich und ehrlich mit Ihnen sprechen und möchte jedes Wort glauben können, das aus Ihrem Mund kommt, aber zuerst muß ich doch wohl Mr. Donnelly glauben, unserm Abgeordneten, den ich von Kindesbeinen an kenne. Wenn er mir nun *so* sagt, und Sie sagen gerade das Gegenteil, was soll der Mensch da glauben?«

»Glauben Sie Ihrem Freund, ob mit Recht oder Unrecht,« rief Dora, denn sie sah ein, daß der Fall hoffnungslos für sie war.

»Aber Sie sind doch ein Detektiv?« beharrte er.

»Meinetwegen,« sagte Dora freundlich. Sie sagte nie, wenn es sich irgend umgehen ließ, eine Lüge und hielt auch in ihrem Beruf sich stets an die Wahrheit, wenn sie nicht durch das Gegenteil etwas zu erreichen hoffte.

»Na, und darum kann man wohl keinen Stein auf Sie werfen,« sagte er nachdenklich, »Sie sind nun mal dazu erzogen und wissen es nicht besser.«

Dora lächelte, und als er ihr dann ein kleines rundes Loch an der Seite des Wagens zeigte, das von einem Schuß herrührte, den ein Betrunkener einmal auf einen Herrn abgefeuert hatte, den er auch so bei Nacht nach Cork gefahren hatte, fragte sie: »Trinken Sie gar nichts? Sonst finden Sie eine Flasche in dem Korb da an Ihrer Seite.«

In komischer Überraschung starrte er sie an. »Donnerwetter, das laß ich mir gefallen! Detektiv oder nicht, – Sie gefallen mir wirklich. Sie sind, weiß Gott, viel zu gut zu mir, das hab' ich gar nicht um Sie verdient.« Er fand die Flasche und goß den Kognak glucksend in den silbernen Becher. »Wenn Sie mir zutrinken wollten,« sagte er mit drollig altmodischer Höflichkeit, »dann schmeckt es mir nochmal so gut.«

Die Komik dieser ganzen Situation amüsierte Dora; entführt und gegen ihren Willen durch dieses fremde Land gefahren, sollte sie nun in aller Freundschaft ihrem Entführer zutrinken. Sie berührte den Becher mit den Lippen und gab ihn lächelnd zurück.

»Auf Ihr Wohl!« rief er herzlich und goß den ganzen Becher voll auf einen Zug hinunter.

Doras Lebensmut hob sich allmählich wieder. Alles war noch nicht verloren. Wenn sie noch rechtzeitig nach Cork kam, um den Schnellzug zu erreichen, so konnte sie mit Thornton nach Dublin fahren. Außerdem war ihre Beglaubigung ja sicher. Unwillkürlich faßte sie wieder nach ihrer kostbaren Handtasche. Becks List würde ihm nichts nützen, denn Thornton war gewarnt. Selbst wenn sie ihn jetzt verfehlte, würde er sich im Klub mit Armitage in Verbindung setzen, oder Armitage würde ihn im Savoy aufsuchen und dann war alles gut. Es lag in ihrem Charakter, stets die rosige Seite herauszufinden, und diese Fahrt durch die mondhelle Nacht und dazu das einfältig, treuherzige Geplauder des Kutschers waren von eigenartigem Reiz.

Jetzt sauste das kleine Gefährt nicht mehr auf der Landstraße dahin. Das Pferdchen hatte schon lange die Peitsche nicht mehr gefühlt und war in einen langsamen Trab gefallen, bergauf ging es völlig mit Schneckenpost.

Dora fürchtete die Schlauheit des Mannes und wagte nicht, ihn zu größerer Eile anzutreiben, damit er ihr Vorhaben nicht errate und hintertreibe.

Langsam kroch graue Dämmerung über das Land und fand die beiden noch immer auf dem Weg. Der Mond erblaßte und verschwand, und hinter den Bergspitzen erschien der strahlende Rand der Sonne, alles ringsumher mit goldenem Schimmer überflutend. – Unter sich im Tal sah Dora die zusammengedrängten Häuser und Türme der Stadt Cork, umrahmt von dem breiten Strom Lea. Gerade als sie darauf niederblickte, stieg an dem einen Ende der Stadt ein weißes Wölkchen auf, dem rasch ein zweites und drittes folgte, bis ein langer weißer Dampfstreifen sich von den dahinter liegenden Bergen abhob.

»Da geht der Schnellzug nach Dublin,« rief der Kutscher und wies mit der Peitsche hinab. Mit schmunzelndem Grinsen sagte er: »Mr. Donnelly hat gesagt, die Dame ist früh genug in Cork, wenn der Schnellzug weg ist. Es tut mir leid, daß ich Sie so lange aufgehalten habe, aber nun sollen Sie auch da sein, ehe Sie sich's versehen.«

Er lockerte die Zügel, berührte leicht mit der Peitsche seinen Gaul, der sich wieder mit der früheren Geschwindigkeit in Bewegung setzte. Zuerst flogen sie an einzelnen Häusern vorbei, dann rasselten sie durch die Straßen der Vorstadt, bis in die Mitte der Stadt.

»Turners Hotel wird wohl das beste für Sie sein,« meinte der Kutscher, »es ist ruhig und angenehm für eine Dame, wenn auch das Imperial eleganter ist.«

»Wie Sie wollen,« sagte Dora lachend; es war unmöglich, dem Manne lange böse zu sein.

Mit dummem Gesicht sah er auf das Goldstück, das Dora in seine breite Hand gelegt hatte, bevor sie ihrem Gepäck in das Hotel folgte.

»Das kann ich nicht nehmen, Gnädigste,« sagte er und berührte die goldene Münze fast ängstlich mit dem dicken Zeigefinger, als könne er sich daran verbrennen. »Ich kann das wirklich nicht nehmen. Mr. Donnelly wollte mich bezahlen, aber von ihm wollte ich auch nichts nehmen, ich wollte gern für die gute Sache auch was tun.«

»Ich habe die lange Fahrt gemacht,« sagte Dora lachend, »und es ist nur gerecht, daß ich dafür bezahle; darunter leidet die gute Sache nicht.«

»Sie sind wirklich ein Engel an Güte,« sagte er, als er die große Faust über dem Geldstück zusammenschloß. »Alle andern würden wild und toll vor Wut sein über den Streich, der ihnen gespielt wurde. Aber wer weiß, vielleicht wird das schließlich die Glücksfahrt in Ihrem Leben.«

Gesund an Körper und Geist, wie Dora war, verschlief sie in ein paar Stunden die große Ermüdung und Enttäuschung der letzten Nacht und kam nach einem kalten Bad strahlend und frisch zum Frühstück. Sie war bei der Ankunft mit dem langen Mantel und herabgelassenen Schleier gleich auf ihr Zimmer gegangen; dort aber hatte sie Penelope Putman in den Handkoffer gesteckt, um als Dora Myrl wieder zum Vorschein zu kommen. Es war doch schön, wieder sie selbst zu sein.

Sie war beinahe guter Laune, als sie mit gesundem Hunger an dem reichgedeckten Frühstückstisch saß und sich eine Tasse starken Tee einschenkte. Neben ihr lag das kostbare Täschchen, der Talisman gegen jede Verzweiflung. Vergnügt schlug sie ein gesprenkeltes Truthühnerei auf und strich sich ihr geröstetes Brot dick mit der berühmten Butter von Cork.

Sie hatte ihr Frühstück fast verzehrt, als in ihr plötzlich der Wunsch aufstieg, die Briefe und Papiere zu durchblättern.

Zu ihrem Erstaunen paßte der Schlüssel nicht, er war entschieden zu dick für das Schlüsselloch; das war ganz unbegreiflich, und in höchster Bestürzung betrachtete Dora Tasche und Schlüssel. Es war unzweifelhaft der richtige Schlüssel; sie hatte gar keinen ähnlichen an ihrem Ring; und auch die Tasche war die richtige, eine kleine braune Ledertasche, auf der in Goldbronze die Buchstaben P. P. prangten. Es war gar kein Irrtum möglich. Immer wieder versuchte sie den Schlüssel, der doch auf den ersten Blick viel zu groß erschien. Ein eisiger Schauer rann ihr über den Rücken bei dem erwachenden Zweifel an der Echtheit ihrer Tasche.

Mit einer zusammengebogenen Haarnadel vermochten ihre geschickten Finger das einfache Schloß leicht zu öffnen.

Ein Schrei entrang sich ihren Lippen, als sie ein paar zusammengefaltete Stücke Zeitungspapier hervorzog. Darunter verborgen lag ein Lederetui. Sie ließ es sofort aufschnappen und fand eine zierliche Smaragdbrosche, ein Kleeblatt mit goldenem Stiel. Auf einem Papierstreifen stand in einer nur zu wohlbekannten Schrift: »Miß Dora Myrl mit ergebenster Empfehlung von Paul Beck.«

Mit einem Schlage wurde ihr sein Hohn und ihr Elend klar. Sie war nicht nur überlistet und genarrt, nein, auch ihre Freunde waren ruiniert. Paul Beck besaß die Papiere und jetzt auch den Zeugen. Keine Hoffnung mehr – Armitage kam ins Zuchthaus und Norma würde das Herz brechen.

Der tiefe Schmerz dieser bitteren Enttäuschung war zu viel für die sonst nicht eben weichherzige Dora. Sie ließ den Kopf auf die Hände sinken und weinte bitterlich.

Ein Klopfen an der Tür ließ sie aufschrecken. »Ein Herr wünscht Sie zu sprechen, Fräulein,« sagte der Kellner, »Herr Paul Beck.«

Zweiundzwanzigstes Kapitel
Triumph

Das Parlamentsmitglied, Mr. Donnelly, sah dem davonsausenden Wagen nach, der seine Gegnerin nach Cork entführte und ihm den Weg frei machte. Er warf dann seine Reisetasche auf einen Wagen und befahl dem Kutscher, nach Queens Hotel zu fahren.

»Jawoll, Euer Gnaden,« sagte der Kutscher ehrerbietig, denn Mr. Donnelly war der populärste Mann in Queenstown.

Nachdem Donnelly seine Schlafzimmertür abgeschlossen hatte, löste er die Riemen an seiner Reisetasche und entnahm ihr ein kleines braunes Täschchen mit den goldenen Buchstaben P. P. Er öffnete es mit einem winzigen Dietrich, und im Gegensatz zu Dora Myrl fand er so ziemlich alles, was er zu finden wünschte.

Erstens war da ein offner Brief an Carl Thornton, dann verschiedene andre Papiere, die durch ein Gummiband zusammengehalten wurden, und außerdem eine kleine Pappschachtel. Der Brief interessierte ihn am meisten; er enthielt natürlich eine Empfehlung, aber wie mochte sie abgefaßt sein? Würde er sie brauchen können?

»Mein altes Glück ist mir wieder treu,« murmelte er, als er die wenigen Worte las:

> »Mein lieber Thornton, Du kannst dem Überbringer dieses Briefes unbedingt vertrauen. Herzlichen Gruß
>
> Phil Armitage.
>
> P. S. Alles weitere mündlich.«

Kein Wort mehr. Diese Einführung paßte für ihn ebenso gut, wie für das Mädchen, dem er sie gestohlen hatte. Die andern Papiere waren Briefe und Telegramme, die Armitage und Thornton gewechselt hatten, sie sollten augenscheinlich nur das Vertrauen zu dem Überbringer verstärken. Die kleine Pappschachtel enthielt nur einen braunen Spitzbart und dazu passenden Schnurrbart, jedenfalls für Thornton berechnet, falls sein Auftreten als Littledale nötig erscheinen sollte.

»Prachtvolles kleines Frauenzimmer,« sagte Donnelly bewundernd, während er die Briefe und Papiere in eine große lederne Brieftasche steckte, »nichts hat sie vergessen. Es ist wirklich recht hart für sie, aber das läßt sich nicht ändern. Kriegsglück.«

Weder sein Ausdruck noch seine Stimme verrieten Triumph, als er zum Abendessen hinunterging.

»Ich lege mich auf ein paar Stunden hin, Pat,« sagte er zu dem Kellner, »lassen Sie mich wecken, wenn der Dampfer hereinkommt; ich möchte mit dem Tender an Bord gehen.«

Er schlief, sowie sein Kopf das Kissen berührte. Er konnte immer schlafen, wenn er wollte, und ebenso wachbleiben, so lange er es wünschte – eine Fähigkeit, die ihm schon häufig treffliche Dienste geleistet hatte.

Zehn Minuten nach dem Wecken war er angezogen und draußen, durch reichliches kaltes Wasser sehr erfrischt und neu gestärkt.

In dem Tender, der gerade abgehen sollte, wurde rasch noch ein bequemer Platz für den bekannten und beliebten Abgeordneten gefunden, und als das auf dem bewegten Wasser stark schaukelnde Boot neben dem großen, schwimmenden Hotel anlegte, war er der erste, der das steile Fallreep hinauf an Bord klomm.

Mit dem Morgengrauen hatten sich die Passagiere an Deck versammelt, um nach vollen sechs Tagen, an denen sie nur Wasser und Himmel gesehen, nun zuerst wieder einen Blick auf festes Land zu werfen.

Eine Reihe Passagiere, die hier landen wollten, hatten ihr Gepäck um sich her aufgetürmt. Auf diese richteten sich Donnellys scharfe Augen und entdeckten auch sofort den Gesuchten.

Einen Augenblick konnte er kaum glauben, daß die hohe Gestalt in dem dunklen, tadellos sitzenden Anzug nicht Armitage selbst sei – vielleicht etwas gebräunter von der Seereise, vielleicht etwas magerer und sehniger, aber Armitage zum Verwechseln ähnlich war der Fremde.

»Mr. Thornton?« sagte Donnelly neben ihm.

Der andre erschrak und fuhr herum – völlig geräuschlos war Donnelly an ihn herangetreten. »Mein Name ist Thornton,« sagte er kühl. Der amerikanische Tonfall war unverkennbar. »Aber verzeihen Sie, Sie sind mir gegenüber im Vorteil, ich habe nicht die Ehre –«

»Hallo, Donnelly, alter Freund,« unterbrach ihn ein dritter Herr, der in der Nähe stand und den dieser Donnelly noch nie gesehen hatte, »Ihr Anblick tut müden Augen wohl. Hoffentlich verleben wir auf dieser Seite ebenso vergnügte Stunden miteinander, wie drüben.«

In dem warmen Händedruck lag herzliche Freundschaft, und das angenehme Gesicht strahlte freundlichen Willkommen.

»Einen Augenblick, mein Bester,« erwiderte Donnelly, »ich möchte erst ein paar Worte mit Mr. Thornton reden.«

»Der famoseste Mensch in ganz Irland, Thornton. Sagen Sie rasch, was Sie zu sagen haben, Donnelly. Mich finden Sie in der Bar, wenn Sie fertig sind.« Mit diesen Worten verschwand er die Treppe zum Salon hinab.

Donnelly zog seine Beute auf eine ruhige Stelle des Decks.

»Ich habe einen Einführungsbrief für Sie,« sagte er und übergab denselben.

Der andre las den Brief wie jemand, der wohl auf seiner Hut ist. Vielleicht wunderte er sich über die Kürze. »Es scheint Armitages Handschrift zu sein,« gab er etwas unfreundlich zu.

Donnelly dachte nicht daran, beleidigt zu sein. »Es ist Armitages Handschrift,« sagte er herzlich. »Es ist aber nur zu begreiflich, daß Sie mißtrauisch sind, Mr. Thornton, nach dem Streich mit dem Telegramm, den man Ihnen gespielt hat. Hier sind aber noch einige Briefe, die Sie überzeugen werden.«

Als Thornton seine eigenen Briefe an den Freund sah, gab er seine Zurückhaltung auf.

»Nun ist alles in Ordnung, Mr. Donnelly; sagten Sie nicht, daß so Ihr Name sei?« sagte er mit aufrichtiger Herzlichkeit. »Hier sollte ich Verhaltungsmaßregeln erhalten. Sagen Sie nur, was ich tun soll, Mr. Donnelly. Wenn mein Freund in der Tinte sitzt, so ist es an mir, ihn wenn möglich herauszuholen.«

»Sie müssen mit mir von Queenstown nach Cork kommen. Ich will sehen, daß wir ein Coupé für uns bekommen, und dann sage ich Ihnen unterwegs alles. Wollen Sie mit mir kommen?«

»Natürlich,« war Thorntons lakonische Antwort.

Auf dem Bahnsteig wandte sich Donnelly an den Zugführer, der ein eifriger Gefolgsmann des populären irischen Abgeordneten war, und wurde von diesem sofort zu einem leeren Abteil erster Klasse geleitet.

»Das ist gar nicht nötig, Mr. Donnelly,« wehrte der Schaffner ab, als sich seine Hand über dem Silberstück schloß, das Donnelly ihm gegeben hatte. »Ich würde mit dem größten Vergnügen weit mehr für Sie tun.« Er schloß, während er so sprach, die Tür ab, klebte einen Zettel »Bestellt« an die Scheibe und war allen Bitten und Vorwürfen der übrigen Passagiere gegenüber taub, von denen manche bei der großen Überfüllung des Zuges trotz ihres Billetts erster Klasse zweiter fahren mußten – und die bevorzugten Herren Donnelly und Thornton blieben allein.

»Nun sagen Sie mir bitte, wie ist das Programm,« begann Thornton.

»Wir haben nicht viel Zeit,« antwortete Beck, »ich steige in Cork aus und werde Ihnen alles so kurz wie möglich mitteilen. Erstens bin ich gar nicht Donnelly sondern Beck – Paul Beck – vielleicht haben Sie den Namen drüben schon mal gehört?«

Thornton nickte. »Sowohl hier wie drüben. Privatdetektiv, nicht wahr?«

»Richtig.« Mit einem raschen Griff hatte er den Schnurr- und Backenbart, sowie die buschigen Augenbrauen entfernt. Das Gesicht war völlig verändert, und Paul Beck war wieder er selbst.

Thornton zuckte bei dieser Verwandlung mit keiner Wimper. »Sehr geschickt,« sagte er gedehnt, »aber was nun?«

»Ich habe diesen Fall übernommen. Armitage soll wegen Fälschung und Aneignung von Geld unter Vorspiegelung falscher Tatsachen festgenommen werden. Lamman steckt dahinter.«

»Ich kenne Lamman als einen ausgemachten Schurken,« antwortete Thornton.

»In dieser Sache können Sie ihm helfen oder schaden. Was beabsichtigen Sie?«

»Schaden, natürlich. Was soll ich tun?«

»Fahren Sie direkt nach London und steigen Sie in einem ruhigen Hotel ab – vielleicht bei Mackay in Norfolk Street, da ist es sauber und behaglich. Lassen Sie in den nächsten zwei Tagen niemand Ihren Aufenthalt wissen. Setzen Sie sich unter keinem Vorwand mit irgendwem in Verbindung, bis Sie von mir weitere Anweisung erhalten.«

»Aber warum?«

»Es würde zu lange dauern, das auseinanderzusetzen,« sagte Beck ehrlich genug, »hier muß ich schon aussteigen.«

Der Zug fuhr langsam in den Bahnhof von Cork ein; damit hatte er gerechnet.

»Sie brauchen nur meiner Anordnung zu folgen und können alles weitere mir überlassen.«

»Gut,« sagte Thornton bereitwillig. »Sagen Sie Armitage, wenn Sie ihn früher sehen als ich, daß er auf mich rechnen kann, so lange ich lebe.«

Im nächsten Augenblick stand Beck auf dem Bahnsteig, umringt von Reisenden, Kutschern und Kofferträgern, die sich gegenseitig zu überbieten suchten, während der Zug den betrogenen Thornton seinem Schicksal entgegenführte.

Bei einem guten Frühstück im Hotel Imperial übersah Beck im Geiste das Schlachtfeld. Er hatte auf der ganzen Linie gesiegt. Mit den Papieren, die sich in seinem Besitz befanden, und der Aussage, die man vor Gericht Thornton entlocken würde, war Armitage der Strick gedreht; es gab keine Ausflucht und keinen Zweifel mehr, er war überführt. Becks Werk war zu Ende, ein großer Triumph nach so vielen Fehlschlägen, und eine kolossale Belohnung redlich verdient. Aber wohl nie in seinem ganzen Leben war er weniger mit sich zufrieden gewesen.

Dieses unbestimmte Unbehagen und dieses elende, verzagte Gefühl, für das er keinen Grund finden konnte, wuchs und wuchs, als er nach dem Frühstück nachdenklich eine Zigarre rauchte, bis in seinen umherirrenden Gedanken plötzlich Dora Myrl auftauchte.

Da fiel es ihm wie Schuppen von den Augen. Was würde sie von ihm denken? Was konnte sie andres von ihm denken, als daß er sie überlistet, getäuscht und bestohlen hatte? Das gehörte ja freilich zum Geschäft, und sie würde dasselbe getan haben, wenn sich ihr die Gelegenheit geboten hätte. Paul Beck war jedoch in weiblicher Logik zu wohl bewandert, um darin Trost zu suchen. Zu dem Gedanken an Dora, wie sie bezaubernd, in strahlender Frische, an seinem Frühstückstisch die Wirtin gespielt, gesellte sich in unausbleiblichem Gegensatz nun das Bild der geschlagenen und gedemütigten Dora, die allein und voller Kummer, erschöpft von der langen Nachtfahrt, sich auch hier in Cork in einem der Hotels befand.

Dieses Bild trieb ihn trotz der frühen Stunde auf die Straße. Nach ein paar vergeblichen Anfragen kam er zu Turners Hotel.

»Ja,« sagte man ihm hier, »eine junge Dame kam mit dem Wagen von Queenstown herüber; eine sehr hübsche Dame und ebenso gutherzig wie hübsch. Sie gab Mike Tracy, der sie gefahren hatte, ein Pfund in Gold.«

Beck lächelte; das sprach eigentlich für eine gute Stimmung. Dann aber fiel ihm ein, daß sie da den Tausch der kleinen Handtasche wohl noch nicht bemerkt hatte, und sein Mut sank wieder.

»Kann ich die junge Dame sprechen?« fragte er.

Das blühende Zimmermädchen errötete und lachte. »Nein, augenblicklich wohl nicht. Sie ist zu Bett gegangen; kein Wunder nach der langen Fahrt in der Nacht. Sie wollte nach drei Stunden zum Frühstück geweckt werden. Vielleicht empfängt sie Sie dann.«

Nachdem Beck dem Mädchen ein Trinkgeld in die Hand gedrückt, wanderte er planlos durch die Straßen; er mußte die drei Stunden irgendwie totschlagen. Der Zufall führte ihn zu einem Bootshaus am Fluß.

»Zwei Schilling und sechs Pence,« sagte der Bootsmann, »das kann wohl niemand teuer nennen, denn wenn Sie wollen, lege ich Ihnen auch ein reines Handtuch ins Boot, wenn Sie weiter flußaufwärts Lust zum Baden haben.«

Beck warf Rock und Weste ab, führte das leichte Boot mit langen, gleichmäßigen Ruderschlägen stromaufwärts und errang die volle Anerkennung des ihm nachschauenden Besitzers.

Nach einem erfrischenden Bad, bei dem er durch kräftiges Schwimmen gegen den Strom seinen Körper ordentlich durchgearbeitet hatte, wandte er sein Boot wieder der Stadt zu und ließ sich von dem Wasser treiben. Die stille Schönheit und Frische des Morgens vermochte die tiefe Niedergeschlagenheit, die auf ihm lastete, nicht zu zerstreuen. Es gibt Stimmungen, wo alle Gedanken etwas Quälendes haben. So erging es jetzt Paul Beck. Er hatte die Welt und das Leben satt, besonders seinen Beruf, der ihm manche Aufregung und ein Riesenvermögen eingebracht hatte. Er sehnte sich nach Ruhe und, obwohl er sich dessen nicht klar bewußt wurde, er sehnte sich auch nach Liebe.

Ihm war das Geld zugeflossen, wie dies mitunter bei Menschen geschieht, die nicht viel darum geben. Große Belohnungen von dankbaren Klienten in besonders verzwickten Fällen hatten sich verzehn- und zwanzigfacht durch gute Anlage. Mehr als einmal hatte er daran gedacht, sich zurückzuziehen. Er liebte das Landleben, er las gern und war ein Meister jeglichen Sports. Bisher hatte ihm sein Beruf wenig Zeit für Vergnügungen gelassen.

Vor einem halben Jahr hatte er einen herrlichen Landsitz in Kent erstanden mit wundervollen alten Möbeln. Ein geräumiges, altmodisches Haus, umgeben von einem großen, altmodischen Garten.

Damals hatte er sich auf lange Ferien, die er dort verleben wollte, eingerichtet, erhielt aber schon nach einer Woche eine dringende Aufforderung – es war der Ruf einer Frau in großem Elend, dem er nie hatte widerstehen können – die ihn in die grauenhaftesten Schmutzhöhlen von London führte. Es waren kaum zwei Tage vergangen, seit er diese mühselige Sache zu Ende gebracht hatte, als Lamman ihn wieder einfing und auf Armitages Fährte hetzte.

Selten hatte ihm ein Fall, der ihn so lebhaft interessierte, so wenig Freude gemacht. Von Anfang an fühlte er einen instinktiven Widerwillen gegen Lamman und eine fast unbewußte Neigung für Armitage. Es lag in seiner Natur, daß Fehlschlag auf Fehlschlag seinen Eifer verdoppelte, und dann kam der Ehrgeiz als mächtiger Ansporn dazu. Doras geschickte Gegenzüge bei Armitages Verfolgung hatte in Beck den Entschluß noch mehr befestigt, den Sieg zu erringen. Aber der Erfolg hatte ihm bittere Enttäuschung gebracht. Er hatte sich noch nie unglücklicher und vereinsamter gefühlt als an diesem sonnigen Morgen auf dem Flusse Lea.

Seine lebhafte Phantasie – eine Art doppelten Gesichts, die ihm geholfen hatte, manches verwirrende Problem zu lösen – spielte ihm jetzt einen merkwürdigen Streich. Klar wie in einem Traum sah er sich selbst in seinem großen Hause in Kent in dem altertümlichen, eichengetäfelten Zimmer, das durch die bis auf den Boden reichenden Fenster auf den Garten hinaussah. Er sah die Bilder an den Wänden und das Frühstücksgeschirr auf dem Tisch. Am allerdeutlichsten aber sah er *sie* dort – froh und glücklich, ganz sein eigen. Ein Kind spielte im Garten, und seine Stimme und sein Lachen drang bis in das Zimmer. Ihre Augen blickten voll Liebe und heiteren Glücks in die seinen. Im selben Augenblick war das Bild verschwunden, und er war wieder einsam auf dem Wasser und quälte sich mit dem Gedanken, daß sie ihn von allen Menschen am meisten haßte und zwar mit gutem Grund.

Dieser trübselige Gedanke konnte ihn ja doch von seinem Vorsatz nicht abbringen. Er nahm die Ruder und ließ das leichte Boot mit dem Strom rasch wieder zur Stadt zurückfliegen.

»Ja,« sagte der Kellner, »Miß Myrl ist beim Frühstück,« worauf Beck ihm folgte.

Er klopfte an die Tür. »Ein Herr wünscht Sie zu sprechen, Fräulein. Herr Paul Beck.« Damit ließ er ihn eintreten und schloß die Tür hinter ihm.

Dreiundzwanzigstes Kapitel
Waffenstillstand

Dora fuhr mit einem leisen Schreckensschrei empor und starrte den Eindringling an.

Becks Herz klopfte, als er ihr blasses, bekümmertes Gesicht und ihre nassen Augen sah. Er fand sie in dieser Traurigkeit beinahe noch lieblicher als sonst. Wohl eine Minute lang standen sie sich wortlos gegenüber.

Das Mädchen fand zuerst die Sprache wieder. Ihre Stimme klang rauh und gepreßt, da sie tapfer die Tränen zurückzudrängen suchte. »Sie kommen also auch noch zu mir, um sich Ihres Triumphes zu freuen? Das ist nicht sehr edel. Ja, Sie haben gesiegt, ich gebe es zu. Zum Schluß haben Sie gesiegt. So, und nun gehen Sie und nehmen das da mit.« Sie wies auf die Smaragdbrosche, die auf dem weißen Tischtuch funkelte.

Wohl nie sah ein Sieger weniger siegesbewußt aus als der arme Beck. »Ich kam nur,« sagte er, »weil ich fühlte, daß ich Sie sehen und Ihnen sagen mußte, wie traurig ich bin.«

»Daß Sie gewannen?«

»Daß Sie verloren.«

Seine Sanftmut brachte sie noch mehr in Harnisch. »Sie haben mich belogen,« rief sie, »betrogen und bestohlen, und nachdem Sie auf solche Art triumphiert haben, kommen Sie und tun, als sei es Ihnen leid! Und das wagen Sie mir zu sagen!«

»Ist das gerecht, Miß Myrl?«

Ihr Herz sagte, daß sie nicht gerecht sei, doch ihr Antlitz verriet nichts davon.

»Es war ein ehrlicher Kampf zwischen uns,« sagte er, »ich hatte Glück und trug den Sieg davon.«

»Aber mit welchen Mitteln haben Sie gesiegt.«

»Mit denselben, mit denen Sie zu gewinnen suchten. Wir kämpften mit gleichen Waffen. Verzeihen Sie die Frage, Miß Myrl, haben Sie mir immer die Wahrheit gesagt? Wären Ihnen Skrupel gekommen, wenn Sie mir Papiere, die Ihnen nützen konnten, hätten entwenden können? Ich sah einmal zwei Hexenmeister sich zu einem Spiel Karten zusammensetzen,« er mußte über den Vergleich lächeln, »und hörte, wie der eine fragte: ›Wollen wir ehrlich spielen oder so gut, wie wir es können?‹ ›So gut, wie wir es können‹, war die Antwort. Glauben Sie, daß der Verlierende nachher dem andern den Vorwurf des Falschspielens machen durfte?«

Seine gute Laune besiegte sie endlich. Sie entsann sich, wie fröhlichen Mutes er seine Niederlagen aufgenommen hatte.

»Verzeihen Sie mir,« flüsterte sie, »ich war ungerecht, aber ich bin so sehr unglücklich.«

Sie sank wieder auf ihren Stuhl, barg ihr Gesicht in den Händen und ließ ihren Tränen freien Lauf.

Beck konnte nie eine Frau weinen sehen. Seine Freunde hoben das lobend hervor, seine Feinde erzählten es mit Verachtung. Am wenigsten aber konnte er die Tränen dieses Mädchens ertragen. Er trat zu ihr heran, neigte sich über sie und legte die Hand scheu und zögernd auf ihre Schulter.

»Dora,« flüsterte er, »weshalb quälen Sie sich so um diese elende Geschichte. Sie haben ein Spiel verloren, dafür gewinnen Sie das nächste. So geht es uns andern doch auch.«

Sie sah auf, zornig blitzten die blauen Augen durch die Tränen.

»Denken Sie vielleicht, es sei verletzte Eitelkeit, was mich schmerzt und weinen macht – halten Sie mich wirklich für so kleinlich? Ach, das ist es wahrlich nicht. Aber meine Ungeschicklichkeit hat meine liebste Freundin, die mir ganz vertraute, unglücklich gemacht. Ihr wird das Herz brechen, wenn er bestraft wird.«

»Er hat es aber doch verdient.«

»Er hat es nicht verdient. Wie können Sie wagen, so etwas zu sagen. Er ist ehrlich, großmütig, wahr und aufrichtig. Ist das in Ihren Augen ein Verbrechen?«

»Er änderte Aby Lammans Telegramm.«

»Gewiß tat er das und mit vollem Recht. Sie brauchen nicht solch ein Gesicht zu machen. Aby Lamman betrog ihn um hunderttausend, betrog ihn in ganz gemeiner Weise. Er nahm sich nur sein eigenes Geld zurück. Setzen Sie sich, ich will Ihnen alles erzählen; ich wollte, ich hätte es längst getan.«

Geduldig hörte Beck zu. »Sind Sie ganz sicher, daß alles sich so verhält?« fragte er, nachdem sie geendet.

»Ganz sicher. Ich kenne Lamman nur zu gut. Er ist schlecht und hat seine Millionen durch gestohlene Geheimnisse erlangt. Wenn er irgendwo ein neues Patent oder eine Verbesserung wittert, dann stiehlt er sie. Eine ganze Diebsbande steht in seinem Dienst. Ich hatte einen Fall, wo er einen alten Diener bestochen hatte, daß er ihm einen Plan von der neuen Erfindung seines Herrn ausliefern sollte. Der Mann gestand alles, aber Lamman war zu schlau, den konnten wir nicht fassen. In einem andern Fall, einem Einbruch, verwendete er einen Einbrecher von Profession mit Namen Hackett. Damals hoffte ich ihn zu fassen, aber die Leute schlugen die Sache nieder, sie waren ebenfalls bestochen worden.

»Als ich Lamman dann später wieder traf,« fuhr sie erregt fort, »lachte er mich aus, und obwohl er genau wußte, was ich von ihm dachte, wagte er es, mich mit seiner Liebe zu belästigen, der schreckliche Mensch. Wir waren beide auf dem Lande in demselben Hause zu Besuch und begegneten uns eines Tages zufällig im Park. Wenn ich schreckhaft wäre, so weiß ich wahrlich nicht, was mir da hätte passieren können. Das bin ich aber nicht. Ich trage immer einen Revolver bei mir, und er wußte, daß ich schießen kann und es auch gewiß tun würde, so —«

Sie brach plötzlich ab und warf einen Blick auf Beck. Seine Lippen waren fest aufeinander gepreßt, und seine rechte Hand, die auf dem Tisch ruhte, hatte sich zur Faust geballt.

»Glauben Sie mir?« flüsterte Dora leise, im stillen erfreut über seinen Zorn.

»Ja, ich glaube Ihnen,« stieß er zwischen den Zähnen hervor. »Der Halunke, ich wollte, ich wäre damals in der Nähe gewesen.«

»Ach, das wünschte ich auch,« rief sie, »dann hätten Sie den Menschen erkannt, und all dies wäre nicht geschehen. Ich wünschte, ich hätte Ihnen alles erzählt, als es noch Zeit war, damals als wir unser Plauderstündchen hatten. Erinnern Sie sich noch des netten Frühstücks?« – Als ob er das jemals vergessen könnte! »Aber ich fürchtete mich, ich kannte Sie damals noch nicht, wie ich Sie jetzt kenne, und außerdem bildete ich mir ein, Sie besiegen zu können. Nun ist es zu spät.«

»Es ist noch nicht zu spät.«

Die Stimme und die Worte ließen sie in plötzlich erwachter Hoffnung erzittern; erregt sprang sie auf.

»Ist das Ihr Ernst?« Angstvoll starrte sie ihn mit großen Augen an.

»Natürlich ist es mein Ernst. Noch ist nichts geschehen. Lamman konnte ich nie leiden, und das freut mich jetzt. Er weiß nicht, was geschehen ist. Miß Myrl, ich denke wie Sie in diesem Fall und mache mir nichts aus dem Gesetz, wenn ich das Gesetz für ungerecht halte. Ich habe es schon mehr als einmal gebrochen und den Opfern zur Flucht verholfen; das gedenke ich auch jetzt zu tun. Wollen Sie mir nun die Hand geben? Wir gehören zur gleichen Partei.«

Glückselig legte sie ihre Hand in die seine. Er drückte sie fest und empfand den leichten herzlichen Gegendruck mit Wonne.

»Ich bin so froh, ach, so froh; Sie ahnen gar nicht, wie froh ich bin. Ich wag' es noch gar nicht zu glauben, es scheint fast zu herrlich, um wahr sein zu können.«

»Darum machen Sie sich nur keine Gedanken. Das Gute ist ebenso wahr wie das Böse. Aber wir haben noch Arbeit vor uns, und ich brauche Ihre Hilfe. Wir sind doch jetzt gute Kameraden, nicht wahr?«

Diese Kameradschaft schien sehr belebend auf ihn zu wirken.

»Können Sie morgen mit nach London zurückkommen?« fragte er.

»Mit dem nächsten Zuge, wenn Sie wünschen.«

»Nein, morgen ist früh genug. Cork ist es schon wert, daß man es sich ein wenig ansieht. Ich habe Thornton nach Mackays Hotel geschickt, wo er sich ruhig verhalten soll, bis er wieder von mir hört. Nun wird ihn Armitage aufsuchen und nicht Lamman.«

»Wie kann ich Ihnen jemals danken, Mr. Beck? Vor fünf Minuten noch war ich das unglücklichste Geschöpf der Welt, und jetzt bin ich das glücklichste. Wenn ich Ihnen das nur irgendwie vergelten könnte.«

»Das können Sie,« sagte Beck ruhig, »tausendfach sogar.«

Ihre Augen begegneten einander und sie schlug die ihren nieder und errötete.

»Sind das nicht reichlich hohe Zinsen?« fragte sie leise. »Ich fürchte, Mr. Beck, Sie sind im Grunde doch ein recht habgieriger Gläubiger.«

Ein Grübchen erschien auf der rosigen Wange, und in dem Blick, den sie ihm zuwarf, lag eine lachende Herausforderung. Aber schnell wechselte sie das gefährliche Thema. »Wie glücklich werden Norma und Phil sein; sie sind ja so rasend verliebt ineinander und möchten so gern heiraten. Sie hätte es wohl gewagt, aber er wollte nicht, solange die Gefahr noch nicht vorüber war. Er wolle sie nicht an einen Sträfling fesseln, sagte er mir. Das fand ich prächtig von ihm; verliebte Männer warten sonst gewöhnlich nicht gern.«

»Sehr ungern sogar,« fügte Beck entschieden hinzu. »Aber es kann noch eine weitere Verzögerung geben. Lamman gibt die Sache nicht auf. Wenn ich ihm die Geschichte vor die Füße werfe und ihm dazu meine Meinung sage, so wird ihn das nur zu schärferer Hetze anspornen. Er weiß genug, um gefährlich zu sein. Armitage ist noch nicht außer Gefahr.«

»Wollen Sie Lamman mir überlassen?« fragte Dora lächelnd. »Ich habe einen Plan, wie wir ihn abschütteln können. Sie haben mich von meinem Dünkel kuriert, aber mit Lamman nehme ich es wohl noch auf. Wollen Sie meinen Plan hören?«

»Wenn ich darf. Wollen Sie mit mir auf den Fluß hinauskommen und ihn mir dort erzählen?«

Sie tat, als zögerte sie ein bißchen. »Kann ich Ihnen auch trauen? Sie waren als Mr. Donnelly sehr gefährlich und sind vielleicht als Herr Beck noch gefährlicher. Merken Sie sich's, wenn ich mit Ihnen gehe, so ist es nur zu einem ernsten Gespräch.«

»Ich war nie im Leben ernster gestimmt,« sagte Beck.

Sie sah ihn mit schelmischem Argwohn in die Augen. »Ich will nur meinen Plan entwickeln.«

»Ich auch – ich will nur meinen Plan entwickeln.«

Als Dora an diesem sonnigen Tage zu der Ruderfahrt auf dem Flusse Lea aufbrach, trug sie eine Smaragdbrosche, und als sie heimkehrte, auch einen Ring mit Smaragden und Brillanten auf dem dritten Finger ihrer linken Hand.

»Wieder geschlagen, Beck?« fragte Lamman höhnisch. »Die kleine Dora ist Ihnen doch über. Nehmen Sie einen Whisky und Soda, um sich zu trösten.«

Beck lehnte Lammans gastfreies Anerbieten ab. »Im Gegenteil,« sagte er kurz, »diesmal war ich erfolgreich.«

»Wahrhaftig?« schrie Lamman frohlockend. »Ich fing schon fast an, zu verzweifeln. Die kleine Dora Myrl ist ein Satan. Haben Sie sie wirklich bezwungen und die Beweise in Händen, die Sie brauchen? So, daß wir unsern Freund hinter Schloß und Riegel setzen können?

»Ja, ich habe Papiere, die vollkommen ausreichen, um ihn zu überführen auch ohne Thorntons Aussage; und außerdem ist Thornton hier in einem Privathotel und erwartet meine Anordnungen.«

Lamman sprang erregt auf. »Sie sind ein Genie, Beck, ganz gewiß!« Er lief im Kontor auf und ab und stieß die Stühle aus dem Wege. Als er zum zweitenmal an Beck vorbeikam, schlug er ihm auf die Schulter und bot ihm wie beglückwünschend herzlich die Hand. Beck aber, der gerade in seinem Notizbuch nach etwas suchte, sah die dargebotene Hand nicht.

»Aber wie zum Teufel haben Sie das fertig gebracht?« forschte Lamman.

»Das Glück war mir hold. Ich wußte, daß für Armitage jemand dem Dampfer bis Queenstown entgegenreisen würde, und erriet, daß Miß Myrl dieser Jemand sein würde. Sie war so brillant als altes amerikanisches Dämchen verkleidet, daß ich sie eine ganze Stunde lang auf dem Holyhead-Dampfer nicht erkannte. Dann hatte ich leichtes Spiel. Als ich mich als Parlamentsmitglied Donnelly an sie herangemacht hatte, war mir aufgefallen, daß sie besonders achtsam mit einem kleinen Täschchen umging, in dem sie, wie ich mir dachte, ihre Beglaubigungspapiere trug. Ich kaufte in Dublin ein sehr ähnliches Täschchen, ließ die Buchstaben P. P. ebenfalls darauf befestigen und brachte es im Zug nach Queenstown fertig, die beiden Taschen zu vertauschen. Dann schickte ich Miß Myrls Kutscher mit ihr nach Cork und holte Thornton mit ihren Papieren von Bord; das ist die ganze Geschichte.«

Lamman lachte laut und unbändig. »Nie im Leben habe ich etwas so Smartes gehört,« schrie er. »Die kleine Hexe Dora wird wohl vor Wut rasen. Sind Sie überzeugt, daß die Beweise jetzt genügen?«

»Miß Myrl sprach von Papieren, die sie sicher in Armitages Geldschrank bewahrte, als sie dort die Rolle des Zimmermädchens spielte. Erstens eine Photographie mit Namenszug und außerdem eine Reihe Briefe an sie selbst und andre aus der Zeit vor und nach seiner Verwandlung, von denen Armitage glaubt, sie seien längst vernichtet.«

»Man soll nur auf Frauen bauen,« sagte Lamman höhnisch.

»Diese Papiere würden uns sehr nützen, wenn wir sie erlangen könnten; aber das ist unmöglich. Die Briefe allein würden genügen, um ihn zu überführen. Aber meine Beweise werden wohl auch hinreichen.«

»Je eher wir ans Werk gehen um so besser,« rief Lamman. »Er müßte sofort festgenommen werden, um unvorhergesehenen Zufällen vorzubeugen.«

»Einen Augenblick,« sagte Beck, »ich möchte erst noch ein paar Fragen an Sie richten.«

»Natürlich, natürlich. Ich stehe mit Vergnügen zu Diensten, wenn ich der Sache nützen kann.«

»Welchen Rat gaben Sie dem jungen Armitage, als er Sie als Ihr Freund um Auskunft bat in der Amalgamated Gold-Spekulation?«

Hätte Beck ihm plötzlich einen mächtigen Boxschlag in die Magengegend versetzt, Lamman hätte nicht konsternierter sein können.

Er sank kraftlos in seinem Stuhl zusammen, die Augen traten förmlich aus ihren Höhlen, und seine rote Gesichtsfarbe verwandelte sich in ein krankhaftes Gelb.

»Was in aller Welt hat das mit unserm Fall zu tun?« stieß er mühsam hervor.

»Weiter nichts,« sagte Beck sanft, »als daß Sie den jungen Mann, der Ihnen völlig vertraute, um sein ganzes Vermögen betrogen haben, und als er Gleiches mit Gleichem vergalt, suchten Sie ihn ins Zuchthaus zu bringen, um ihm dann seine Braut zu nehmen.«

»Ein ganz verfluchtes Lügengewebe,« brüllte Lamman. »Aber selbst wenn jedes Wort wahr wäre, was geht das Sie an? Tun Sie Ihre Arbeit und nehmen Sie dann Ihr Geld dafür.«

»Was es mich angeht? Zum Teufel mit Ihnen, Sie verfluchter Halunke!« Einen Augenblick riß der Zorn Beck fort. »Wie können Sie es wagen, mich – Paul Beck – als Werkzeug Ihrer schmutzigen Geschäfte brauchen zu wollen.«

»Wollen Sie mehr Geld haben?« höhnte Lamman, »ist es darum?«

»Ich brauche Ihr Geld nicht,« sagte Beck mit völlig wiedergewonnener, gefährlicher Ruhe. »Ich kam heute nur hierher, um mir das Vergnügen zu machen, Ihnen einmal zu sagen, was ich von Ihnen denke.«

»Denken Sie etwa, ich lasse den jungen Windhund entwischen, weil Sie niederträchtig genug sind, die Sache über den Haufen zu werfen?«

»Ich werfe sie nicht über den Haufen, ich gehe nur ins feindliche Lager über.«

»Dann war wohl auch alles, was Sie von den Papieren sagten, erlogen?«

»Nein, wahr! Sie sind sämtlich hier in dieser Brieftasche.« Er streckte die Hand mit der Brieftasche in Lammans erreichbare Nähe. Sollte das ein Köder sein? Jedenfalls wirkte es wie ein solcher.

Mit der linken Hand suchte Lamman ihm die Brieftasche zu entreißen, während er mit der rechten Faust Beck nach dem Gesicht schlug. »Ich will die Papiere haben, und wenn ich Sie darum ermorden müßte,« schrie er.

Aber Becks linker Arm fing den Schlag auf, während die rechte Faust Lammans Kinn mit einem so dumpfen Stoß traf, daß es klang wie der Hufschlag eines Pferdes, wodurch Lamman durch das ganze Zimmer geschleudert wurde und in einem der großen Sessel haltlos zusammenbrach.

Beck atmete tief auf. »Das hat wohl getan,« sagte er, nahm seinen Hut und verließ ruhig das Zimmer.

Einige Stunden später saß Lamman, immer noch leicht verstört von seiner Unterhaltung mit Beck, in seinem geräumigen Wohnzimmer in Park Lane und blätterte in den Zeitungen. Auf der Börse war nicht viel los und die Kopfschmerzen machten ihn auch unfähig zur Arbeit.

»Eine Dame wünscht Sie zu sprechen,« sagte der Hausmeister und brachte ihm auf silbernem Tablett eine Karte.

»Dora Myrl,« las Lamman plötzlich ermuntert. »Lassen Sie sie eintreten, Podgers.«

Selten hatte Dora so verführerisch ausgesehen. Wie ein Sonnenstrahl glitt sie in ihrem eleganten hellen Kleide in das große Zimmer. Ein Meisterwerk von Hut aus zarten Spitzen und entzückenden Rosenknospen stand vorzüglich zu ihren rosigen Wangen und leuchtend blauen Augen, und ihre wundervolle Gestalt wurde durch das tadellos sitzende Kleid wirksam gehoben.

Lamman sah sie mit offener, vielleicht etwas zu offener Bewunderung an. »Das ist wirklich ein besonderes Vergnügen,« rief er.

»Ich komme nicht zum Vergnügen, sondern aus geschäftlichen Gründen,« gab Dora zurück. »Sie haben Herrn Beck heute gesehen.«

»Vor ungefähr zwei Stunden. Verdammter – verzeihen Sie, Miß Myrl.«

»O, vor mir brauchen Sie sich nicht zu genieren, wenn Sie fluchen wollen. Ich bin in ähnlicher Stimmung. Er hat Ihnen aufgesagt und ist ins feindliche Lager übergegangen.«

»Woher wissen Sie das?«

»Woher ich das weiß?«wiederholte sie spöttisch. »Weil er selbst es mir gesagt hat und weil die andern auch für meine Dienste gedankt haben.« Ihr Zorn schien sie plötzlich zu übermannen und erregt fuhr sie fort: »Ja, mich haben sie verabschiedet nach allem, was ich für sie getan habe, nur weil er mich einmal überlistete und mir die Papiere stahl. Ich werde entlassen wie ein Dienstbote.«

»Aber warum wurde Beck zum Verräter?« fragte Lamman, zu sehr mit sich beschäftigt, um auf ihren Kummer einzugehen. »Ich hatte ihm ein großes Honorar versprochen, und er war nahe daran, seinen Lohn einziehen zu können.«

»Norma Lees Puppengesicht ist schuld,« erwiderte Dora verächtlich. »Ihr seid ja alle in sie verliebt – Herr Beck, Sie selbst und – Mr. Armitage.«

Sie zögerte ein wenig vor dem letzten Namen. Lamman war schlau und kannte die Frauen gut; ihm fiel dies sofort auf. »Eifersüchtig,« dachte er bei sich. »Ist es möglich, daß sie auf Norma eifersüchtig ist?«

»Bitte, streichen Sie mich von der Liste,« sagte er nachlässig. »Ich habe gehört, daß diese junge Dame mit dem interessanten jungen Mann verlobt ist.«

»Wenn das wahr ist, so hätte er es mir früher sagen können,« fuhr Dora in solcher Erregung auf, daß Lammans Argwohn zur Gewißheit wurde.

Sie bezwang sich rasch wieder. »Glauben Sie ja nicht, daß ich mir so viel daraus mache,« sie schnippte mit den Fingern, »mit wem er sich verlobt oder verheiratet, aber ich verlange, daß man mich mit gebührender Höflichkeit behandelt.«

Lamman lächelte innerlich, während er äußerlich vollkommenen Ernst bewahrte. »Was für Närrinnen macht doch die Liebe selbst aus den klügsten Frauen,« dachte er.

»Morgen ist Ball bei ihrer Tante,« fuhr Dora fort, »und ich bin nicht geladen. Noch vor einer Woche wußten sie nicht, wie sie mir genug Liebes erweisen konnten.«

»Wird Armitage dort sein?«

»Welche Frage! Natürlich wird er dort sein und den ganzen Abend mit Miß Lee im Wintergarten vertändeln.«

Nun sah Lamman seinen Weg. Er erriet, warum Dora zu ihm gekommen war, und war entschlossen, ihr alles zu erleichtern.

»Miß Myrl,« begann er – »ich wage es nicht, ›Dora‹ zu sagen, so gern ich es auch täte – Beck hat sich auf die andre Seite geschlagen, und Sie hat man verabschiedet, sehen Sie irgendeinen Grund, weshalb Sie nicht zu mir herüber kommen sollten? Sie werden mich nicht undankbar finden. Es ist doch noch möglich, daß wir Armitage und den andern einen gehörigen Denkzettel geben.«

»Das könnten wir sicher.«

»Tun Sie es,« rief er ungestüm, »und nennen Sie selbst Ihren Preis. – Dora,« fuhr er fort, »ich weiß, ich habe mich Ihnen gegenüber, als wir uns zuletzt sahen, sehr schlecht benommen. Ihre Schönheit hatte mich rasend gemacht, das muß als Entschuldigung gelten. Ich bin bereit, alles wieder gut zu machen. Bringen Sie es fertig, daß Armitage die Strafe zuteil wird, die er so reichlich verdient hat, dann, beim Himmel, heirate ich Sie vom Fleck weg.«

Sie sah ihn neugierig an und trat einen Schritt zurück. Augenscheinlich war es ihm Ernst mit dem, was er sagte, und er erwartete keine Weigerung.

»Sie erweisen mir zu viel Ehre,« sagte sie nach einer Weile.

»Ehre hin, Ehre her – mein Einkommen beträgt fünfzigtausend Pfund jährlich; davon können Sie die Hälfte verbrauchen.«

»Aber wie ist dieser Reichtum erworben!«

»Darauf brauchen wir nicht näher einzugehen. Sie sind ein vernünftiges Mädchen und kennen den Lauf der Welt. Soll's gelten?«

»Wenn ich darauf eingehen wollte, was für Sicherheit bieten Sie mir?«

»Mein heiliges Ehrenwort.«

Sie sah ihn mit ihren blauen Augen so spöttisch lächelnd an, daß er mitlachen mußte – wenn auch etwas verlegen.

»Was für eine Sicherheit verlangen Sie«, fragte er, »was soll ich tun?«

»Wenn Sie mir einen Brief schrieben mit beglaubigter Unterschrift, in dem Sie alle Punkte nennen, dann könnte ich mir die Sache überlegen; es eilt ja nicht.«

»Ich will alles niederschreiben, was Sie wollen, und wann Sie wollen.«

»Ich werde wieder zu Ihnen kommen, wenn ich mich entschlossen habe.«

»Wann wird das sein!«

»In einigen Tagen – vielleicht.«

Lamman fühlte seine Hoffnung schwinden. Es war klar, sie konnte sich auch jetzt noch nicht entschließen, den leichtsinnigen Armitage aufzugeben.

»Bitte gehen Sie noch nicht. Darf ich Ihnen eine Tasse Tee anbieten?«

»Nein, danke sehr.«

»Aber bleiben Sie noch ein bißchen in dem großen Stuhl sitzen; es ist ein Genuß, Sie anzusehen, und alle Leute sind ja nicht so blind wie Armitage. Sind Sie sicher, daß Sie in der Sache erfolgreich sein werden, wenn Sie wollen?«

»Ganz sicher. Hat Beck Ihnen von einem Bild mit Unterschrift erzählt?«

»Das Sie vor ihm verbargen?«

»Richtig; und von Armitages Tagebuch als Littledale?«

»Nein, von dem Tagebuch hat er mir nichts gesagt.« Lamman zitterte vor Erregung.

»Sie glauben, daß sowohl die Photographie wie das Tagebuch vernichtet sind?«

»Und das sind sie wohl auch, vermute ich.«

»Bitte, vermuten Sie gerade das Gegenteil; sie befinden sich sicher in einem Geldschrank, zu dem ich allein die Schlüssel habe. Nein, nein, mein lieber Mr. Lamman, bleiben Sie ruhig sitzen. Ich trage die Schlüssel nicht mit mir herum; außerdem erinnern Sie sich wohl . . .«

Lamman lachte hellauf. »Dachten Sie, ich wollte sie Ihnen entreißen? Nach der Lektion, die Sie mir das letzte Mal erteilten. Sie sagen, die Papiere sind in einem Geldschrank, aber wo ist dieser Geldschrank?«

Jetzt lachte Dora gerade heraus. »O himmlische Unschuld. Haben Sie die Vorfälle bei unsrer geschäftlichen Bekanntschaft vergessen, Mr. Lamman? Ich nicht. Geldschränke sind, wie ich nur zu gut weiß, nicht absolut sicher, wo Sie und Ihre Freunde in Frage kommen.«

Er fuhr zusammen, als ob ihm plötzlich ein ganz neuer Gedanke in den Sinn käme. Die scharfen Augen, die sein Gesicht beobachteten, sahen einen neuen Plan rasch entstehen. Er antwortete aber leichthin: »Sie haben wirklich eine zu schlechte Meinung von mir, Miß Dora. Kann ich Sie denn nie überzeugen, daß Ihre Idee auf Einbildung beruht?«

In seinem Ton lag die Bejahung, während seine Worte verneinten.

»Behalten Sie nur Ihr Geheimnis, bis wir handelseinig sind. Ich will weder Ihr Geheimnis noch Ihre Papiere stehlen.«

Er sagte ihr nicht, daß er bereits von Beck wußte, wo sich der Geldschrank befand. Vielleicht vergaß er es.

»Wann werde ich Sie wiedersehen?« fragte er.

»In einigen Tagen nach dem Ball.«

»Wann ist der Ball?« Die Frage kam ganz beiläufig.

»Morgen Abend.«

»Na, vielleicht erhalten Sie im letzten Augenblick noch eine Einladung,« sagte er mit herausforderndem Lächeln. »Wenn nicht, darf ich dann hoffen, Sie am darauffolgenden Tag zu sehen?«

»Vielleicht. Aber nun leben Sie wohl. Ich habe Ihnen alles gesagt, was ich zu sagen hatte.«

»Leben Sie wohl und aufrichtigen Dank.«

»Vorläufig noch unnötig. Sie können mir danken, wenn wir uns wiedersehen, wenn Sie dann dazu aufgelegt sind.«

Fünfundzwanzigstes Kapitel
In die Falle gegangen

»Glauben Sie bestimmt, daß er heute abend kommt?« fragte Armitage. Sie hatten sich auf Verabredung in seinem Arbeitszimmer versammelt.

Beck sah voller Bewunderung auf Dora. »Natürlich kommt er. Es wurde wohl selten so geschickt eine Falle gestellt. Dem Köder dort,« – er zeigte auf den Geldschrank in der Ecke – »kann er nicht widerstehen.«

»Ja, ich glaube, er kommt bestimmt heute abend,« fügte Dora ernst hinzu. »Wissen Sie, Phil, er will Sie ja nicht stören, so sucht er sich die Zeit aus, wo Sie auf der Gesellschaft Norma ›den Hof machen‹.«

»Dies Glück blüht mir diesmal nicht,« antwortete Armitage. »Thornton begleitet sie. ›Ich mußte geschäftlich unbedingt verreisen‹ und bin noch nicht zurück. Habe ich Ihnen erzählt, daß heute, als ich Norma vorbereitete, ein großer Mann hier war, ein Riesenkerl, sagte das Mädchen. Er kam herein und sagte, er wolle auf mich warten, nannte aber seinen Namen nicht und sagte schließlich, er wolle morgen wiederkommen, es daure ihm zu lange. Vielleicht ist gar nichts daran, ich bin nur argwöhnisch gegen alles und alle.«

»Einer von Lammans Freunden?« riet Dora.

Beck nickte. »Sicher; wollte auskundschaften, wo der Geldschrank steht und wie man am leichtesten dazu gelangt. Das erspart uns viele Mühe. Wir brauchen jetzt nur im Nebenzimmer zu warten. Für diesen Geldschrank braucht ein Einbrecher von Profession höchstens zwanzig Minuten.«

Armitages Arbeitszimmer, in dem die drei sich befanden, lag nach der Straße hinaus und hatte zwei Türen; eine führte in die Halle, die andre in das Speisezimmer, das nach hinten lag. In die Täfelung der Tür zum Speisezimmer hatte Beck zwei Löcher gebohrt, durch die man alles sehen konnte, was in dem Zimmer vorging.

Ein Gong ertönte. »Abendbrot,« sagte Armitage vergnügt. »Wir haben dazu noch reichlich eine Stunde, denn Ihre Freunde werden erst nach zwölf kommen, nicht wahr, Miß Myrl?«

Dora nickte. »Zwischen zwölf und eins, denke ich.«

Armitage öffnete die Tür und ließ seine Gäste voran in das Eßzimmer gehen, wo einladend der Tisch gedeckt war. Es herrschte eine fast ausgelassene Stimmung bei dem Mahl, denn die Aufregung belebte die kleine Gesellschaft mehr noch als der Champagner.

»Unser Besuch soll leben,« sagte Armitage und füllte die Gläser, bis der Schaum überlief. »Möge ihnen ein würdiger Empfang bereitet werden.«

Beck goß das ganze Glas bis zur Neige hinunter, als gelte das Wohl einem teuren Freund; aber Dora führte ihr Glas nur an die Lippen um es unberührt wieder niederzusetzen.

»Es sind kräftige und skrupellose Menschen,« sagte sie ernst, »die wohl sicher bewaffnet kommen. Sie werden vor einem Mord nicht zurückschrecken.«

»O, wir werden sie schon davon abhalten,« sagte Beck.

»Aber wenn sie sich als die stärkeren erweisen?« fuhr Dora fort. »Warum nicht lieber sicher gehen?«

»Wir wollen ganz sicher gehen, Kleine. Aber dies muß eine gemütliche Familiensache bleiben, bei der wir keine Fremden brauchen können.«

»Zwei kräftige und gut bewaffnete Männer,« sagte sie hartnäckig.

»Wir geben ihnen gar nicht Zeit, ihre Waffen zu brauchen. Es wird alles vorüber sein, noch ehe es recht begonnen.«

»Aber –«

»Du kannst mir trauen,« flüsterte er, »ich werde acht geben, daß ihm nichts geschieht.«

»Vor allem dir nicht,« flüsterte sie ebenso leise.

Der Glanz in ihren Augen und die feine Röte, die in ihre Wangen stieg, gefielen ihm ausnehmend. »Auch mir; wir sind ja gar nicht in Gefahr, und du kannst ganz beruhigt wegfahren.«

»Wegfahren, ich?«

»Aber natürlich,« warf Armitage ein. »Mein Auto steht vor der Tür und bringt Sie nach Haus.«

Dora sah flehend auf Beck, fand aber keine Nachgiebigkeit in seinem Blick.

»Deine Anwesenheit würde uns bei der Arbeit, die wir zu tun haben, nur verwirren,« sagte er. »Ich will morgen früh, wenn du erlaubst, mit der guten Nachricht bei dir vorsprechen.«

Da gab sie nach mit ungewohnter Fügsamkeit.

Das Automobil sauste durch die Straßen, und nach kurzer Zeit hielt der Chauffeur vor Queen Annes Mansions.

»Es ist gut so, John,« sagte Dora, »Sie brauchen nicht zu warten.« Und nach einem zufriedenen »Danke schön« surrte das Auto davon. Sie blieb auf den Treppenstufen stehen, bis das Geräusch des Autos völlig verklungen war, dann ging sie rasch wieder hinunter und rief eine Autodroschke an. »Nach Tite Street, schnell,« rief sie.

An der Ecke der vereinsamten Straße stieg sie aus, gab dem Chauffeur ein gutes Trinkgeld und glitt dann geräuschlos wie ein Schatten auf die Tür zu.

Leise drehte sich der Drücker in dem gutgeölten Schloß, geräuschlos öffnete sich die Tür zum Arbeitszimmer unter ihrer Hand, so lautlos, daß die schärfsten Ohren in London, die nebenan gespannt horchten, nichts vernahmen.

Die Uhr auf dem Kamin schlug zwölf. Armitage zitterte vor Aufregung, da nun die Stunde heranrückte. Seine Stimme sank zum Flüstern herab, er konnte kaum noch ruhig sitzen.

Beck, gelassen wie immer, trank bedächtig und mit voller Würdigung des Jahrgangs seinen Portwein.

Als Armitage sich eine Zigarre anzünden wollte, legte ihm Beck abwehrend die Hand auf den Arm. »Nein,« sagte er, »Sie sind doch ›auswärts auf dem Ball‹ und unser Besuch könnte vielleicht wissen wollen, wessen Zigarren er riecht. Darauf wollen wir es nicht ankommen lassen.«

»Und wie, glauben Sie, werden sie kommen?« flüsterte Armitage mit völlig unnötiger Vorsicht.

»Wie vornehme Leute, durch die Tür. Es ist sehr leicht mit einem Dietrich, das Fenster würde viel mehr Schwierigkeit machen.«

Schon nach drei Minuten bewahrheiteten sich seine Worte. Als sie angestrengt hinauslauschten, hörten sie den leisen Klang von Metall auf Metall an der Haustür.

Beck drehte sofort das elektrische Licht aus, und sie saßen in pechschwarzer Dunkelheit und tiefem Schweigen.

Das Rasseln wiederholte sich zwei- oder dreimal in Absätzen, dann spürten sie einen leichten Luftzug, als die Tür geöffnet wurde. Sie hörten eigentlich nichts, fühlten nur eine Art Bewegung, als die Tür zum Arbeitszimmer geöffnet wurde.

»Jetzt,« raunte Beck und war mit einem Schritt an der Tür, in der die beiden Löcher zu leuchtenden Punkten in der Dunkelheit geworden waren.

Einer der Eindringlinge trug eine kleine elektrische Laterne, die das Zimmer erhellte. Beck kam gerade rechtzeitig, um zu sehen, daß dieser Mann sich bückte, wie um etwas vom Boden aufzunehmen. Er konnte aber nichts Genaues unterscheiden, bis die beiden mit ihren gelben Lichtstreifen sich auf den Geldschrank am andern Ende des Zimmers zubewegten, denn der Fußboden an der Tür lag nicht im Bereich seines Guckloches. Beck sah, daß die beiden sehr groß waren – einer fast ein Riese; sie trugen beide Masken, doch glaubte er genau unterscheiden zu können, wer sich darunter verbarg.

Das erste Geräusch, das sich hören ließ, war ein unterdrücktes Lachen, halb verächtlich, halb entzückt, und die geflüsterten Worte: »Dies Blechding da nennt man einen Safe; den kann ich ja mit einem Büchsenöffner aufmachen.«

»So tu es doch, du Narr, und red' nicht,« knurrte der andre.

»Schon recht, Herr, beißen Sie mir nur nicht gleich den Kopf ab. Man kann sich doch wohl noch freuen über 'ne leichte Arbeit.«

Der große Mann pflanzte sich rittlings auf einen Stuhl gerade vor den Geldschrank, den er den wachsamen Augen an der Tür völlig verdeckte. Die elektrische Lampe stand am Boden und warf gigantische und groteske Schatten der sich bewegenden Männer an die Decke.

Die Beobachter an der Tür konnten den Fortschritt der Arbeit nur nach dem Geräusch beurteilen. Zuerst hörten sie das leichte Knirschen des Bohrers in dem Metall. Dann folgte das Zischen der blauen Stichflamme eines Lötrohrs, das sie auf die Tür einwirken ließen. Die Arbeit ging unablässig vorwärts mit wütendem, ungeduldigem Nachdruck. Ein paarmal hörte man einen unterdrückten Fluch, wenn einer der Männer seine Finger an dem Bohrer quetschte, oder sich an der Flamme verbrannte, doch die Arbeit wurde keine Sekunde lang unterbrochen.

Nach einer kleinen Weile hörte man wieder das dumpfe Lachen.

»Fertig,« flüsterte Beck draußen in der Dunkelheit, die Hand am Türgriff.

»Da haben Sie die Pastete, Herr!« Die aufgebrochene Tür hing schief herunter und gleich darauf hörte man das Rascheln von Papier.

»Jetzt,« flüsterte der Detektiv.

Armitage war zuerst im Zimmer, Beck blieb ein wenig zurück, um das elektrische Licht anzudrehen. Als Armitage unbekümmert in die Dunkelheit hineinschoß, stieß er an einen Haufen Drähte, die gerade vor der Tür ausgebreitet waren; er stolperte und fiel vornüber, setzte die Drähte aber zu einem Alarmläuten in Bewegung.

Sofort sprangen die Einbrecher auf die Füße, aber Beck hatte sich schon auf Lamman geworfen, bevor dieser imstande war, seinen Revolver zu ziehen. Der Kampf war wild und kurz; Becks Griff war wie die Umklammerung eines großen Bären, er schwenkte den riesigen Feind in die Höhe, doch gelang es diesem, wieder auf die Füße zu kommen; da wechselte Beck den Griff. In demselben Augenblick hörte er einen Schrei hinter sich und sah mit einem Blick über die Schulter, daß Armitage am Boden lag, während der Einbrecher mit einem schweren Totschläger ausholte. Mit seiner ganzen Kraft schleuderte Beck Lamman durch das Zimmer und erfaßte mit einem geschickten Seitensprung den Einbrecher am Handgelenk, gerade als die tödliche Brechstange auf Armitages Haupt niedersausen sollte. Einen Augenblick spannte sich Muskel gegen Muskel, dann erblaßte das Gesicht des Verbrechers vor rasendem Schmerz, und die Brechstange fiel polternd aus den entnervten Fingern zu Boden.

Mit einem zweiten eisernen Griff nach Handgelenk und Ellbogen warf Beck den großen Kerl anscheinend ohne die geringste Anstrengung herum, gab ihm einen Tritt gegen die Beine und schleuderte ihn auf den Rücken.

»Keine Bewegung, Hackett!« sagte er und fühlte in seiner Tasche nach den Handschellen. Hackett lag regungslos.

Als Lamman rückwärts durch das Zimmer taumelte, hatte er das Glück, in einem der großen Lederstühle zu landen, wo er einen Augenblick atemlos und wie betäubt und verstört dem Kampfe zusah. Plötzlich aber erkannte er seinen Vorteil und sprang mit einem Satz auf, die Hand am Abzug seines Revolvers.

Becks breiter Rücken war ihm zugekehrt, als er sich über Hackett beugte. Lammans Arm erhob sich, suchte sich zu festigen, und der Finger legte sich fester an den Abzug des Revolvers.

»Nieder oder ich schieße.«

Diese Worte wurden dicht an Lammans Ohr hervorgestoßen, und als er den Kopf wandte, erstarrte er fast vor Schreck, denn er blickte direkt in die schwarze Mündung eines Pistolenlaufs. Dahinter, gerade noch zur Hälfte verdeckt durch die Gardine, stand Dora Myrl unbeweglich wie eine Statue.

»Nieder mit der Pistole oder ich schieße.« Die Worte klangen noch schärfer und bestimmter als vorher.

Nach einem Blick in das blasse, entschlossene Gesicht mit den funkelnden blauen Augen ließ er den Revolver zu Boden fallen und Dora verschwand hinter der Gardine.

Ehe Lamman noch eine Bewegung machen konnte, ging Armitage mit den Fäusten auf ihn los. Beide Männer waren gute Boxer. Lamman empfing den Ansturm mit einem Schlag, der

Armitage ein paar Schritt zurücktaumeln ließ; im nächsten Augenblick aber antwortete Armitage mit einem Schlag hinter das Ohr, unter dem Lamman zusammenbrach. Der Kampf war beendet.

Als Lamman nach zehn Minuten wieder zu sich kam, saß er an dem Schreibtisch, die Hände frei, aber die Füße gefesselt. Hackett mit gefesselten Armen und Beinen dehnte sich in einem großen Sessel und rauchte gemütlich seine Pfeife, die für ihn angezündet worden war. Armitage ging ungeduldig im Zimmer auf und ab. Dora Myrl war verschwunden.

Beck stand hinter Lammans Stuhl und legte ein Blatt Papier vor ihn hin mit der höflichen Bitte: »Wollen Sie dies bitte kopieren und unterschreiben.«

Lamman warf einen Blick darauf. »Eher lasse ich mich hängen.«

»Na, gehängt werden Sie wohl nicht,« gab Beck gelassen zurück, »aber es passiert Ihnen etwas reichlich so Unangenehmes, wenn Sie nicht tun, was ich verlange.«

»Sie können mich nicht zwingen, zu unterschreiben, wenn ich nicht will.«

»Ich glaube aber, Sie werden das kleinere Übel wählen, wenn Sie die Folgen Ihrer Weigerung bedenken.«

Lamman las noch einmal. Es war ein kurzes Geständnis, daß er, Lamman, in Gemeinschaft mit dem bekannten Einbrecher Bob Hackett versucht habe, wichtige Papiere zu rauben; daß sie bereits den Safe erbrochen hatten, als sie von Mr. Paul Beck mit Mr. Philip Armitage, in dessen Zimmer der Einbruch stattfand, auf frischer Tat ertappt wurden. Mr. Armitage wolle auf Grund früherer Bekanntschaft auf weitere Verfolgung verzichten, bestehe aber auf diesem Geständnis als Sicherheit.

»Ich wäre toll, wenn ich das unterzeichnete,« schrie Lamman.

»Mir ist es lieb, wenn Sie es nicht tun,« erwiderte Beck, »es war Armitage, und nicht ich, der diesen Gedanken hatte. Ihre Verurteilung wegen Einbruch paßt uns viel besser als ein bloßes Geständnis. Armitage, wollen Sie mich bitte mit Scotland Yard verbinden? Sagen Sie, Paul Beck wünsche den Chef dringend, in wichtiger Angelegenheit, zu sprechen.«

»Halt,« brüllte Lamman, »was wollen Sie tun?«

»Das liegt doch auf der Hand.«

»Niemand wird glauben, daß ich einen Einbruch beging.«

»Die Beweise sind überzeugend.«

»Ich schwöre, daß das Ganze eine Falle für mich war. Und das war es auch, eine ganz verfluchte Falle.«

»Und Ihr Freund Hackett?«

»Er muß sehen, wie er durchkommt.« Lamman hatte seine Stimme zum Flüsterton gedämpft, aber Hackett hatte die Worte doch gehört und brummte: »So dumm bin ich nicht. Das haben Sie schon einmal versucht, Lamman, das gelingt Ihnen nicht wieder. Wenn ich ins Loch komme, sollen Sie mit.«

»Warum verlangen Sie von mir, Beck, daß ich dieses Papier unterschreibe?«

»O, ich verlange es absolut nicht, das steht völlig in Ihrem Belieben; nur müssen Sie rasch wählen.«

»Welche Sicherheit habe ich, daß dies Blatt, wenn ich es unterzeichne, nicht gegen mich gebraucht wird?«

»Keine, aber Sie wissen ja, was geschieht, wenn Sie nicht unterschreiben.«

»Dann werde ich also unterschreiben.«

»Natürlich.«

Lamman schrieb hastig und setzte seinen Namen darunter. Beck las es durch und sagte dann: »Jetzt können Sie gehen.«

Gefolgt von Hackett schlich Lamman, machtlose Flüche vor sich hinbrummend, hinaus in die Nacht.

Beck übergab Armitage das Schreiben. »Lassen Sie sich lieber einen neuen Safe machen, dieser ist zu schwach für Zähne wie Lamman sie hat. Jetzt können Sie ihn auf Kandare reiten, wenn er übermütig wird. Aber vergessen Sie nicht, daß Sie alles Miß Myrl verdanken, denn sie hat diese kleine Abendgesellschaft für Lamman arrangiert, und ohne sie hätte er uns die Rechnung mit ein paar Pistolenkugeln bezahlt.«

Sechsundzwanzigstes Kapitel
In Eile

Viele Leute suchen sich einzureden, daß allen Menschen ein gleicher Anteil an Freud und Leid zuerteilt wird. Aber neben den gewöhnlichen Freuden und Sorgen des Lebens, Reichtum und Armut, bleibt doch die Tatsache bestehen, daß die große Mehrzahl ihr Leben verbringt ohne die große Trösterin in allen Kümmernissen, die wahre Liebe. Für diese Benachteiligung gibt es keinen Ausgleich, denn Liebe ist ein Ding für sich. Sie ist die reinste, höchste Schönheit und nur dem Menschen allein gegeben. Leidenschaft ist nicht Liebe, auch nicht die Wollust der Sinne ist es. Liebe ist reiner und tiefer und dem Himmel näher; Glanz und Weite dringt in das Leben, wenn zwei Seelen in vollster Harmonie ineinander fließen.

Phil Armitage und seine holde Braut fanden das Leben, nachdem der lastende Schatten einer drohenden Gefahr geschwunden, viel heller und erfreulicher, und lebten jubelnd nur ihrer Liebe. Norma fand eine neue Bedeutung und neues Entzücken in jeder einfachen Lebensregung. Ihr Entzücken war vermischt mit leiser wonniger Scham und Angst, denn seine Küsse machten ihre Pulse erbeben. In völlig unbewußter reiner Mädchenhaftigkeit, wie eine halberschlossene wilde Blume, frisch an Leib und Seele, wurde sie von der Armen der Liebe umfaßt. Das Geheimnis der gänzlichen Vereinigung erfüllte sie zugleich mit Furcht und Sehnsucht.

Sie war zufrieden, doch er war ungeduldig, erfüllt von dem Wunsche, sie ganz zu besitzen. Er genoß die Freuden der Gegenwart, aber seine Hoffnungen und Gedanken wanderten in die Zukunft, und er bat und umschmeichelte sie, sie solle den Tag bestimmen, der sein Glück vollkommen machen sollte.

Sie aber wehrte sein Drängen mit lächelndem Spiel ab und sagte weder nein noch ja.

In diesen Tagen sahen sie wenig von Dora Myrl. Sie hatte einen interessanten Fall übernommen, wie sie ihnen mitteilte, der ihre ganze Zeit und Aufmerksamkeit erforderte. Paul Beck schien ähnlich in Anspruch genommen. Aber der lebhafte Carl Thornton spielte eine wichtige Rolle in ihrem täglichen Leben, denn er hatte für jede Art Vergnügen den Eifer und die Freude eines jungen Menschen, der nicht verwöhnt war.

»Ich kam in Geschäften herüber,« sagte er, »aber nun bleibe ich noch ein bißchen zum Vergnügen.«

Und er amüsierte sich herrlich. Er gestand, er sei verliebt in Norma und in Dora, und Paul Beck sei der famoseste Mensch, dem er je begegnet. »Er täuschte mich, wie eine Amme ihren kleinen zweijährigen Zögling mit einem Stück Zucker,« sagte er und lachte über sich selbst.

Großen Spaß machten ihm die fortwährenden Verwechslungen, wenn man ihn für Armitage und diesen für ihn selbst hielt, und er ging häufig darauf aus, diesen Irrtum herbeizuführen.

»Macht eure Hochzeitsreise nach den Vereinigten Staaten, Kinder. Da werden wir einen Riesenspaß haben und können zum Beispiel unsre Frauen auf eine Woche vertauschen, ohne daß jemand was davon merkt, ausgenommen wir selbst.«

»Norma behauptet aber, wir seien uns ganz und gar nicht ähnlich«, antwortete Armitage lachend.

»Das wollen wir abwarten. Wann ist denn der große Tag?«

»Weiß nicht – ich kann sie nicht dazu bringen, ihn zu bestimmen.«

Thornton schwieg einen Augenblick, als sei ihm plötzlich eine neue Idee gekommen. »Was willst du wetten, daß ich sie dazu bringe?«

»Du?«

»Ja, ich als du. Sie sagt, wir sind uns nicht ähnlich, und ich wette, daß ich sie täuschen kann, wenn du mir freie Bahn gibst. Verabrede dich mit ihr und laß mich hingehen. Wir wollen um einen Brillantring für deine oder meine Liebste wetten, daß ich es ihr abschmeichele.«

»Aber –«

»Du brauchst dich nicht zu beunruhigen. Wenn ich wirklich einen Kuß bekomme, so holst du dir dafür einen von Irene. Gilt die Wette?«

»Meinetwegen, aber –«

»Gut, gut. Wo kann ich sie treffen?«

»Heute abend, wenn du willst, auf einem Ball, zu dem ich zu kommen versprach. Ich kenne die Leute gut genug, um für dich eine Einladung zu erreichen. Die Zeit von elf bis zwölf überlasse ich dir, nicht eine Minute mehr, und wenn du Norma böse machst, bekommst du es mit mir zu tun.«

»Die Zeit ist reichlich kurz bemessen, aber mag es sein. Und du brauchst nicht zu fürchten, daß ich sie böse mache, ich will ihr nur zeigen, wie man lieben soll.«

Die Stimme klang völlig wie Armitages eigene, und auch die Handbewegung war die seine. Einen Augenblick stieg ihm das Blut in den Kopf bei dem Gedanken, daß Norma sich täuschen lassen könne.

Als Norma mit ihrer Tante, strahlend in der Erwartung eines fröhlichen Abends mit Armitage, zu dem Ball erschien, trat ihr oben an der Treppe Thornton entgegen, im Knopfloch die weiße Moosrose, die sie Armitage beim Frühstück gegeben. Die Tante begrüßte ihn arglos als Mr. Armitage, und auch auf Normas lächelndem Antlitz war nicht der leiseste Verdacht zu lesen, als er sie zu dem ersten Walzer aufforderte.

Sie plauderten wie Liebende während des Walzers und Thornton fühlte sich völlig sicher, als er den schüchternen Händedruck verspürte, der einem andern galt.

Als sie beim zweiten Tanz, zu dem ein Fremder sie holte, sich lächelnd von ihm trennte, fühlte er sich seines Erfolges sicher.

Den dritten Tanz saßen sie in dem verstecktesten Winkel des Wintergartens. Er spielte Armitage lebenswahr und bat mit unwiderstehlicher Inbrunst.

»Mein Liebling,« flehte er, »ich kann diese Ungewißheit nicht länger ertragen, sag mir den Tag, an dem du dich mir ganz zu eigen geben willst. Flüstere mir ins Ohr, Liebste; die Liebe und Dankbarkeit eines ganzen Lebens soll es dir vergelten.«

Sie schwieg eine ganze Weile; zweimal versuchte sie zu sprechen, brachte es aber nicht fertig. Schließlich flüsterte sie mit unterdrücktem Lachen: »Was würde Irene zu diesem Arrangement sagen, Mr. Thornton?«

Einen Augenblick war er wie auf den Mund geschlagen, dann aber wirkte ihr Lachen ansteckend, und er brach in ein helles Gelächter aus über den Streich, den sie ihm gespielt.

»Ich erkannte Sie sofort,« sagte sie, als sie sich beruhigt hatten, »und die Rosenknospe verriet mir, daß Phil mit dahinter steckt; so faßte ich den Entschluß, euch beiden die Lehre zu geben, nie wieder den Augen einer Frau zu mißtrauen.«

»Ich werde den Ihrigen nie wieder trauen,« sagte er, »vor einigen Minuten blickten sie noch so liebevoll und vertrauend. Armer Armitage,« fügte er leise hinzu.

Sie hatte es doch gehört. »Armer Armitage! Allerdings. Wollen Sie ihm bitte sagen, daß ich ein paar Worte mit ihm zu sprechen hätte.«

Thornton zögerte.

»Gehen Sie,« rief sie gebieterisch, »und sagen Sie ihm, er solle sofort zu mir kommen.«

Thornton suchte den Freund mit dem unbestimmten, unbehaglichen Gefühl, daß er Unheil gestiftet. »Na, Armitage wird es nett ergehen,« dachte er.

Aber sein unterdrücktes »Armer Armitage« hatte das Herz des jungen Mädchens gerührt. Sie wollte ihm zeigen, wie sehr ihr Geliebter zu bedauern sei.

Als er daher eine Stunde später wieder auf den Freund stieß, fand er ihn auf dem Gipfel des Entzückens.

»Gratuliere mir, alter Freund. Ich bin der glücklichste aller Sterblichen. Wir heiraten in der ersten Woche des September und machen unsre Hochzeitsreise nach New York.«

In dieser Nacht kreuzten sich zwei Briefe. Von Norma gingen etliche eng beschriebene Blätter an Dora, die eine genaue Beschreibung des Vorfalls auf dem Balle und seiner Folgen enthielten. »Wann kann ich Dich sehen, Liebste?« hieß es in dem Postskriptum, »in einem Brief kann man doch nicht alles sagen, was man auf dem Herzen hat.«

Von Dora kam eine Karte, kurz und liebenswürdig. Sie wolle zu Bekannten auf das Land fahren zu längerem Besuch und werde sich freuen, wenn Norma zum Abschied noch vorher zu ihr kommen könne.

Als Norma am andern Nachmittag zu Dora kam, fand sie die Freundin reisefertig und einen großen Koffer und eine Handtasche fertig gepackt auf dem Korridor.

Als Norma lächelnd und errötend ihr Herz ausschüttete, nahm Dora sie in den Arm und küßte sie mit so seltsamem Ungestüm, wie man es an dieser zurückhaltenden jungen Dame gar nicht gewöhnt war.

»Ich wünsche dir viel Glück, Liebste,« sagte sie, »ich weiß, du wirst glücklich werden.«

»Ach, Dora, ich bin so aufgeregt, seit ich den unvermeidlichen Tag festgesetzt habe.«

»Unsinn, Liebling; wenn du den Mann lieb hast, kannst du ihm auch vertrauen.«

»Und du?« fragte Norma, als erwarte sie auch ein vertrauliches Geständnis.

»O, ich fahre aufs Land zu einem langen Besuch, wie ich dir schon schrieb. Du nimmst doch eine Tasse Tee?«

Sie plauderten vergnügt, während sie ihren Tee tranken. In Normas Augen lag eine leise Enttäuschung, die Dora nicht zu bemerken schien.

»Ich fahre mit dem Nachmittagszug,« sagte sie. »Es ist ein wundervoller alter Landsitz in Kent. Ich war letzte Woche schon einmal dort – ein großes altes Haus mit herrlichem Garten voll Obstbäumen, Rosen und süßduftenden altmodischen Blumen.«

»Die Hauptsache sind doch angenehme Wirte. Kennst du den Besitzer näher?«

»O ja!«

»Und hast du ihn gern?«

»Sehr gern. Ich glaube, du würdest meinen Geschmack teilen, Norma.«

»Und wie heißt der Besitzer? Das hast du mir noch nicht gesagt.«

»Paul Beck.«

»Was!« Normas Gesicht zeigte Überraschung und Schreck, und in ihre Augen traten Tränen. Aber Dora sah strahlend glücklich aus; wenn es ihr schweres Leid verursachte, so zeigte sie nichts davon.

»Paul Beck,« stammelte Norma, »ich ahnte nicht, daß er verheiratet ist.«

»Ja, das ist er.«

»Bist du deiner Sache sicher?«

»Ganz sicher,« antwortete Dora munter.

»Ich dachte – ich hatte gehofft,« fing Norma stotternd an. Die Enttäuschung war für die weichherzige kleine Heiratstifterin sehr bitter.

»Hoffentlich amüsierst du dich gut, Dora,« brachte sie endlich heraus.

»Davon bin ich ganz überzeugt,« rief die gänzlich unverständliche Dora.

»Wirst du lange bleiben?«

»Ja, es wird wohl ein ziemlich langer Besuch werden.«

»Du mußt aber jedenfalls bis September zurück sein. Ich will eine große Hochzeit geben und brauche dich natürlich als erste Brautjungfer.«

»Ich fürchte, das ist unmöglich, Liebling.« Ihre Stimme klang sehr sanft; sie faßte nach der Hand der Freundin und drückte sie, während sie durch Tränen lächelte.

Norma sah sie verwirrt an, doch stieg eine Ahnung der Wahrheit in ihr auf.

»Aber weshalb unmöglich, Dora?«

»Weil ich eine verheiratete Frau bin. Wir wurden heute morgen getraut. Paul sagt, er habe einundvierzig Jahre auf mich gewartet, und nun habe er Eile.«

Ende